Experten

Matthias Houben

Experten

Matthias Houben

*Bibliografische Information der Deutschen Nationalbibliothek:
Die Deutsche Nationalbibliothek verzeichnet diese Publikation in der Deutschen Nationalbibliografie; detaillierte bibliografische Daten sind im Internet über http://dnb.dnb.de abrufbar.*

*Coverentwurf: Karsten Sturm - Chichili Agency
Foto: Fotolia*

Redaktion: Monika Elisa Schurr

© 2015 Matthias Houben

http://www.litbit.de

Herstellung und Verlag: BoD – Books on Demand, Norderstedt

ISBN: 978-3-7347-5427-2

Inhalt

1 7
2 19
3 29
4 38
5 47
6 54
7 65
8 77
9 85
10 95
11 105
12 114
13 123
14 134
15 143
16 153
17 164
18 176
19 186
20 196
21 207
22 218
23 229
24 239
Weitere Texte des Autors 245

1

L'Escala an der Costa Brava, ein ehemaliges Fischerdorf mit engen Gassen, die zur Promenade ans Meer hinausführen, der Blick auf die Bucht von Rosas und im Dunst, am entfernten Ufer, die Hochhausburgen. L'Escala, ein Ort zum Erholen und Braunwerden, zum Sehen und Gesehen werden, aber auch zum Sterben.

Martin Silber nahm die Arme vom Balkongeländer und lehnte sich in seinem Korbsessel zurück. Den hatte er aus der Dreizimmerwohnung in den Schatten auf den Balkon getragen, sich hineingesetzt, die gegenüberliegenden Häuser betrachtet, die Menschen im Swimmingpool gezählt und dann hinaus aufs Meer geblickt. Ein Segelboot zog langsam vor dem Dunsthorizont und an der Landzunge mit den Pinien vorbei. Ob es wirklich Pinien waren?

Das Boot wippte zwischen den Schaumkronen, legte sich imposant zur Seite und wechselte seinen imaginären Kurs. Es nahm Fahrt auf, vom Dunsthorizont angezogen, dann von ihm teilweise aufgelöst, endlich aufgesogen und den Blicken entfernt.

Gestern Abend hatte er auf der Kaimauer im Hafen gesessen, den auslaufenden Fischerbooten nachgeschaut, dem dumpfen Pochen der Dieselmotoren nachgelauscht, wie es sich über den Wellen verlor, wenn die Boote selbst längst nicht mehr zu sehen waren. Es blieb das Klatschen der Wellen an den Felsen, das Geplapper der Touristen auf der Mole, die fremden Fachsimpeleien der Angler zwischen den Felsen. Martin war noch müde von der Fahrt gewesen, er hatte gefroren und war mit dem Schlüssel in der Hand zu der Wohnung zurückgegangen, die ihm angeboten worden war und die er aufgrund der Umstände auch angenommen hatte. Die Skepsis im Gesicht seines Gesprächspartners war ihm nicht entgangen, desgleichen aber auch den erwartungsvollen Blick nicht, als er ohne zu zögern angenommen hatte. Man erwartete von ihm Aufschluss, man erwartete unkonventionelles Vorgehen, man erwartete vor allem Erfolg, wie auch immer der aussehen sollte.

Wenig später saß er in der Wohnung des Toten, atmete dessen persönlichen Geruch, sah die verstreuten Dinge, die erzählten, dass hier bis vor kurzem Leben gehaust hatte, wo jetzt Stille eingezogen war. Das Bett hatte man neu bezogen, sonst alles so gelassen, wie man es vorgefunden hatte. Selbst im Eisschrank, der von Zeit zu Zeit mit einem energischen Knacken auf seine Arbeit aufmerksam machte, fand Martin

Joghurt und Bier, etwas Käse und Butter, drei Eier und eine Pizza, deren Verfallsdatum längst überschritten war.

Der Auftrag hatte nicht ungewöhnlich geklungen, allein schon der Ort hatte ihn gereizt, die Vorstellung von Sonne, Wind und Meer, und natürlich das Geld. Es galt, Zusammenhänge zu finden und zu ordnen, ein Muster zu entwickeln, ein Muster von Menschen und Gefühlen, von Orten und Geschehnissen. Es galt, ein zusammengeknäultes Netz zu entwirren, wie das des Fischers gestern Abend auf dem Boot. Einen kurzen Moment dachte er daran, dass er einen Beruf ausübte, für den er keine gültige Bezeichnung angeben konnte. Er erbrachte eine Dienstleistung, deren Erfolg oder Misserfolg von Mund zu Mund weitereilte, sich immer in den gleichen Kreisen bewegte und nach kreativen Pausen zu neuen Aufträgen führte. Die Orte und Landschaften wechselten mit den Menschen und ihren Problemen, der Auftrag blieb zwangsläufig gleich: er spielte den Ermittler, suchte nach Zusammenhängen, die er in das Ganze einordnete, das selbst so viel erklärte und gleichzeitig so viel unbeantwortet ließ. Zu Beginn hatte er noch geglaubt, Visitenkarten drucken zu müssen, seiner Tätigkeit einen Namen geben zu müssen. Aber dazu war es nie gekommen. Teils, weil er nicht erwartet hatte, dass es so weiterging, teils, weil er selbst dazu nicht das Bedürfnis empfunden hatte. So blieb er, wer er war.

Martin Silber, 38 Jahre alt, 1,85 Meter groß, mit 79 Kilo Körper und einem philosophisch geschulten Geist, der gern auf irrationalen Abwegen wanderte. Was seinen Erfolg ausmachte, wie er glaubte.

Die blauen Augen konnten lustig, aber auch stur in die Welt blicken, die großen, etwas abstehenden Ohren hörten nur das, was sie hören wollten, und die linke Hand war geschickter als die rechte Hand.

Er hätte sich Detektiv nennen können oder Ermittler, er hätte vor Jahren schon in den Schuldienst gehen und ein Haus bauen können, beides hatte er nicht getan. Stattdessen ließ er sich einen Bart wachsen. Mit dem Bart hatte sich auch die Einstellung geändert, die Einstellung zum Leben, die Einschätzung von Erfolg und Misserfolg. Nachdem die Farbe der Haare an einigen Stellen zu schimmern begonnen hatte, war das innere Gleichgewicht hergestellt gewesen. Ein dynamisches Gleichgewicht, das zwischen Depression und Euphorie pendeln konnte, aber auch zwischen pubertären Verrücktheiten und oberlehrerhaften Vorurteilen.

Nur wenn man ein wenig verrückt ist, zieht man in die Wohnung eines Toten, dessen Geruch noch nicht aus der Welt verschwunden ist. Eines Toten, der an einem Montagmorgen in einem Museum gefunden wird, das montags geschlossen ist. Eines Toten, der eines natürlichen Todes gestorben ist, was schon nicht mehr natürlich ist: natürlich durch Übergewicht, Hitze und Aufregung. Ein natürlicher Herztod, schnell, verständlich, sofort wirksam und unproblematisch.

Wobei die Frage blieb, was ihn in dem Museum so aufgeregt hatte. Und die Frage, was er an dem Montag dort gesucht, wen er dort getroffen hatte, was passiert wäre, wenn ihn nicht der Tod überrascht hätte. Wenn der ihn überhaupt überrascht hatte.

Martin nippte am Whisky des Toten, den er mit Wasser verdünnt hatte. Er war es nicht mehr gewohnt, harte Sachen zu trinken. Whisky und Cola erinnerten ihn an seine Studienzeit und daran, dass er früher mehr vertragen hatte.

Klaus Wegmann hatte auch etwas nicht vertragen, wovon es die Folge gewesen war, dass er sein Leben mit 44 Jahren in einem geschlossenen Museum beendet hatte. Das Museum hatte an diesem Morgen nicht nur die Artefakte der Griechen und Römer aufbewahrt, sondern auch die sterbliche Hülle des Klaus Wegmann - 44, Computerspezialist, genauer: KI-Spezialist -, eines trinkfester Mannes mit der Gewohnheit, in ein Tagebuch zu schreiben, das weniger einem Tagebuch als eher einem Notizbuch und Skizzenbuch glich. Sein Chef hatte viel von ihm gehalten, sich einiges von ihm versprochen, was ihn leichter über die Unebenheiten von Klaus Wegmanns Charakter hatte hinwegsehen lassen.

"Wir arbeiten an einem Projekt, dessen Tragweite wir selbst noch nicht übersehen können. Hinsichtlich der möglichen Anwendung unserer Forschungsergebnisse ergeben sich Fragen, die erst beantwortet werden können, wenn der Erfolg unserer Arbeit vorzeigbar ist."

Was alles bedeuten konnte, militärisches Interesse, Industriespionage, Umweltskandal und politische Verflechtungen. P.K. Norder war in seinem weißen Anzug durch das weiße Büro gewandert, hatte auf Martin Silber in dem schwarzen Ledersessel herabgeblickt und sich gewissenhaft seine Pfeife gestopft. "Der Tod unseres Kollegen hat uns außerordentlich überrascht, ich kann wohl für alle sprechen, er hat uns betroffen gemacht. Wir neigen wohl alle dazu, neben unserer Arbeit, die uns dem Alltag entfremdet, die wahren Geschehnisse um uns herum zu verdrängen."

Schwülstig, aber tiefgründig. *Was will er uns damit sagen?* Martin hatte mühsam ein Grinsen unterdrückt und sich auf die Schweißtropfen konzentriert, die von seiner Achsel in das Jackett tropften. Er fühlte sich schmutzig, müde und durchgedreht von der langen Autofahrt. Er hätte nicht an einem Tag durchfahren sollen.

"Nun, so schrecklich und unerwartet der Tod unseres Kollegen auch ist, das eigentliche Problem stellt der Verlust bestimmter Unterlagen dar, die sich in seinem Besitz befanden.

Womit wir zum Grund Ihrer Anwesenheit kommen. Die offizielle Untersuchung über den plötzlichen Tod von Herrn Wegmann ist abgeschlossen, Zweifel an der Todesursache und die mögliche Beteiligung Dritter sind ausgeschlossen. Ihre Aufgabe wird nicht darin bestehen, den Tod unseres Kollegen zu untersuchen, sondern vielmehr darin herauszufinden, wo seine Unterlagen geblieben sind. Leider hatte er die Angewohnheit, einen großen Teil seiner Arbeit außerhalb des Instituts zu erledigen."

Ein angenehmes Institut, mediterrane Villa in parkähnlichem Garten, umgeben von Pinien, mit Blick auf das Meer und die Ausgrabungsstätte von Empuries. Fehlten eigentlich nur noch der Sicherheitstrakt im Kellergewölbe, die Wachhunde auf dem Rasen und die Bodyguards am Tor.

"Wie Sie sehen, legen wir weniger Wert auf konventionelles Vorgehen als vielmehr auf einen kreativen Freiraum, der uns ein anspruchsvolles Arbeiten erlaubt." Die Handbewegung mit der brennenden Pfeife hatte den Garten und den Swimmingpool mit eingeschlossen, den Martin sehnsüchtig betrachtete. "Das bringt natürlich in einem Team so unterschiedlicher Charaktere auch Probleme mit sich. Meine Aufgabe, die Arbeit zu koordinieren, ist schwieriger, als diese Umgebung ahnen lässt."

Meine Güte. Wann kam er endlich zum Kern der Sache? Der Scheck lag auf dem Schreibtisch, Martin war 1.500 Kilometer mit dem Auto abgefahren und sehnte sich nach einer Dusche.

"Ich will Sie nicht lange mit meiner Vorrede aufhalten, nach der langen Anreise werden Sie müde sein. Wir sollten uns morgen früh zu einem Rundgang durchs Institut treffen, bei dem ich Ihnen Ziel und Zweck unserer Aufgabe vorstellen kann. Sie werden dann auch die anderen Mitarbeiter kennenlernen."

Martin hatte verständnisvoll und erleichtert genickt.

"Das Appartement von Herrn Wegmann werden Sie finden, oder soll ich Sie dorthin begleiten?"

Er hatte abgewinkt und sich aus dem Sessel gequält, seine Hose klebte unangenehm an den Beinen, er glaubte, sich riechen zu können, was ihm ebenso unangenehm war wie der interessierte und ungläubige Blick von Herrn Norder.

Wie konnte jemand in die Wohnung eines Toten einziehen?

P.K. Norder war ein schleimiger Typ, ein korrekter und wissenschaftlich geschulter dazu, vollkommen emotionslos und kalt. Aber er sollte sich ja nicht in ihn verlieben. Martin nippte an seinem Whisky und spürte schon leicht seine Wirkung. Seine Untersuchung hatte so zäh begonnen, wie er sich jetzt fühlte, trotz Dusche und Whisky, oder gerade wegen des Whiskys?

Während des Gesprächs mit Norder waren ihm Zweifel an dessen Seriosität gekommen. Ein Institut an der Costa Brava? Computerexperten in einer Villa am Strand, in einem Land, dessen Stromversorgung mit gleichbleibender Regelmäßigkeit zusammenbrach? Ein Scheck in unvernünftiger Höhe für eine Arbeit, die noch nicht genau umrissen war? Erwartete man von ihm ungesetzliches Vorgehen, oder hatte sein letzter Auftraggeber nur extrem übertrieben? Warum suchten sie nicht selbst nach den Unterlagen, sondern beauftragten einen privaten Ermittler, der nichts von dem Forschungsprojekt verstand, der sich erst einarbeiten musste? Oder war gerade das der Grund, dass er nichts von der Materie verstand?

Er sollte suchen und finden, übergeben und harmlos dreinblicken, mit den Achseln zucken und wieder verschwinden. Das hatten bisher alle erwartet. *Martin Silber, Schweigen ist Gold.*

Wie am Anfang eines jeden Auftrags fühlte er sich überfordert, hatte Angst, den Ansprüchen nicht zu genügen, den Ansprüchen, die er nicht geweckt hatte, die andere für ihn formuliert hatten. Er wäre gern einmal dabei gewesen, wenn er weiterempfohlen wurde, war aber gleichzeitig froh, dass er sich das nicht anhören musste. Noch nie hatte ein Auftraggeber ein Wort darüber verloren, man behielt es für sich. Es war klar, er war empfohlen worden; es war klar, man hielt ihn für fähig, die Aufgabe zu erledigen; es war klar, das kostete Geld, darüber wurde nicht geredet. Nur weil sein allererster Auftraggeber verrückt gewesen war, bezahlten alle folgenden einen Preis, den er nie gefordert hätte, er hätte nicht einmal gewagt, die Summe auszusprechen. Die Zahlen auf den Schecks waren erfreulich, setzten ihn aber auch gewaltig unter Druck. Vor allem am Anfang, wenn er noch nicht wusste, was von ihm erwartet wurde.

Martin stellte mit Erschrecken fest, dass er noch nie von einem Auftrag zurückgetreten war. *Martin Silber, Gold korrumpiert.*

Sein erster Auftraggeber hatte den Scherz mit den 30 Silberlingen wörtlich genommen, einfach weil er absolut keinen Humor besaß, weil er nicht vermuten konnte, dass jemand im Zusammenhang mit Geld scherzen könnte. Alle anderen hatten einfach ungefragt dieselbe Zahl auf ihre Schecks gemalt. Und Martin hatte sich nie gewehrt, obwohl er wusste, was diese Zahl bedeutete: Auftrag erledigen, schweigen, verschwinden und vergessen. Er schluckte den Rest des Whiskys hinunter. Genau das war sein Ruf, selbstständige und unauffällige Arbeit mit anschließendem Verschwinden, lautlos und schmerzlos, aber teuer. Das brachte ihn zu der Frage, wie man in ein Forschungsprojekt die Zahlung von 30.000 Euro einbrachte. Das musste schon ein überzeugendes Budget sein, in dem man die Zahl 30.000 unauffällig verschwinden lassen konnte. Und was waren die verschwundenen Unterlagen wert? Wurde er von der Projektleitung bezahlt oder von dem Privatmann P.K. Norder?

Er würde morgen den Scheck einreichen. Auch daran hatte er sich gewöhnt, er wurde immer im Voraus bezahlt. Aber auch das verstärkte den Druck. Er ließ sich ungern unter Druck setzen, es reichte schon, wenn er das selbst tat, und das konnte er ausgezeichnet. Das Whiskytrinken sollte er auch lassen und bei dem gewohnten Sherry und seinen zehn Tassen Kaffee bleiben. Warum hatte er sich Whisky eingeschenkt? Nur weil der hier herumstand?

Er begann, in der Kochnische mit der Kaffeemaschine zu hantieren und durchsuchte die Schränke, fand aber nur Geschirr und Besteck. Der starke Kaffee zeigte Wirkung. Was hatte er erwartet? Die Unterlagen in der Wohnung zu finden, in der Wohnung, die schon von der *Guardia civil* auf den Kopf gestellt worden war? Oder waren die Unterlagen doch noch hier, weil sie nicht aussahen wie Unterlagen?

Martin entschloss sich, nicht weiter unter den Matratzen des Betts zu wühlen, sondern das Bett zum Schlafen zu benutzen. Es war immer noch feucht und heiß, er drehte sich von einer Seite auf die andere und dämmerte vor sich hin. Er suchte Computerlisten, fand Unmengen von Whiskyflaschen, die er austrinken musste, damit die Unterlagen auf dem Boden der Flaschen lesbar wurden. Er wachte schweißnass auf und musste gegen alle Gewohnheit mitten in der Nacht zur Toilette, drehte sich eine Zigarette und rauchte sie auf dem Balkon in der Dunkelheit. Nachdem er festgestellt hatte, dass auf allen Balkons um ihn herum die Menschen saßen und klönten, schüttelte er den Kopf und ging wieder ins Bett. Er versuchte, in dem Tagebuch des Klaus Wegmann zu lesen, kam aber über den Satz, der quer über die erste Seite geschmiert war, nicht hinweg:

"Ich muss immer daran denken, dass alle Träume und Hoffnungen von damals zugekifft wurden."

Martin wälzte sich wieder im Dunkeln herum, trank aber diesmal keine Flaschen leer, sondern drehte sich aus endlosen Computerlistenings Joints, die er nach und nach durch die hohle Hand rauchte, bis alle Zahlen und Formeln auf ihnen sich in eine weiße Pfeife verwandelten, die klatschend in den Swimmingpool fiel.

2

P.K. Norder zeigte sich erfreut über Martins pünktliches Erscheinen. Auch heute trug Norder seinen weißen Miami-Vice-Anzug, ein teures Seidenhemd und italienische Schuhe. Das schwarze, noch vom Duschen frisch glänzende Haar erinnerte Martin an den Spanier, der heute Morgen vor seiner Wohnung gestanden hatte und ihm interessiert beim Öffnen des Cabrio-Dachs zugeschaut hatte. Er hatte vor dem Appartementhaus herumgestanden, als wartete er auf jemanden, hatte Martins freundlichen Gruß mit einem Nicken erwidert. Die Zigarette in seinem Mundwinkel hatte dabei leicht gewippt. Jetzt wippte P.K. Norders Pfeife, wurde beim Anzünden umständlich hin und her gedreht. "Ich denke, wir sollten uns die Arbeitsräume der Mitarbeiter ansehen, damit Sie einen ersten Überblick über unsere Arbeit bekommen."
Die weiße Pfeife war entzündet, und süßer Tabakgeruch nebelte Martin ein. Er nickte kurz und überlegte, ob er Norder mitteilen sollte, dass er hinter dem Spiegel im Badezimmer das Tagebuch von Klaus Wegmann gefunden hatte.

"Kommen Sie, fangen wir mit Wegmanns Büro an." Warum kam er sich in Norders Gegenwart verschwitzt und unterlegen vor?

Wegmanns Büro lag im ersten Stock. Sie durchquerten die Eingangshalle, deren Wände mit Bücherregalen verstellt waren. An beiden Seiten führte eine Holztreppe nach oben, deren letzter Absatz die Entscheidung freiließ, wieder in die Halle hinunter oder zur anderen Seite zu wechseln. Martin fragte sich, ob die Treppe schon immer vorhanden gewesen war oder erst von den Institutsgründern eingebaut worden war. Von hier oben sah er durch ein Fenster auf den Swimmingpool im Garten, bemerkte hinter den Büschen das Dach des Museums, in dem Klaus Wegmann gestorben war.

"Hier oben haben wir fünf Büroräume. Jeder Mitarbeiter hat sein eigenes Zimmer, um ungestört arbeiten zu können. Die Halle unten dient uns als Konferenz- und Besprechungsraum."

Am Ende des schmalen Gangs, der dem Quadrat der Halle folgte, bemerkte Martin eine weitere Treppe, die steil nach oben vor eine dunkle Holztür führte. Norder ignorierte seinen neugierigen Blick und öffnete eine Tür.

Klaus Wegmanns Büro war klein und hell. Vor der schmalen Balkontür stand ein mit Büchern, Computerlisten und sorglos verteilten CDs überfüllter Schreibtisch, dessen Schubladen halb geöffnet waren. Vor der einen Wand stand eine kleine Couch mit buntem Blumenmuster, ihr gegenüber, an der anderen Wand, auf einem Tisch, der die ganze Länge der Wand einnahm, verteilten sich in einem Kabelgewirr Computerbildschirme, Tastaturen, Drucker und weitere Geräte, die Martin nicht kannte. Von dem alten Ledersessel vor dem Schreibtisch hing ein Kopfhörer herab, dessen Kabel im Netz der Computeranschlüsse verschwanden. In einem Stahlgestell ragte ein schwarzer Kasten über den Tisch, der Martin mit seinen Steckern und bunten Kabeln entfernt an einen Synthesizer erinnerte. Dazwischen, chaotisch verteilt und halb vom Arbeitstisch hängend, Papierlisten und aufgeklappte Bücher, eingebettet in eine Landschaft von CD-Kästen, Aschenbechern und einem Mousepad. Über der Couch hing ein Ölbild, das den Kontrast zwischen den beiden gegenüberliegenden Wänden verstärkte.

Unter dem Tisch zählte er sieben unterschiedlich große Computergehäuse, oder das, was er dafür hielt.

Hier der Hightech-Turm mit seinen Kabelfingern, die in den Raum bis zum Schreibtisch griffen, dort die Blumencouch und das Bild mit der felsigen Küstenlandschaft. In der Mitte dazwischen der Ledersessel, der mehr zur Couchseite gehörte, wie auch der Schreibtisch selbst, mit seiner feinen Holzmaserung. Darauf und wahrscheinlich auch darin: der Wust von Unterlagen, der zur Computerseite gehörte.

"Woran hat Herr Wegmann hier gearbeitet?" Martin schaute zu Norder hinüber, der vor dem Computertisch stand und in das matte Auge des ausgeschalteten Computerbildschirms starrte, als erwarte er, dass jeden Moment eine Nachricht für ihn erscheinen könnte.

"Wegmann war ein Spezialist für Expertensysteme oder, wie oft gesagt wird, für Künstliche Intelligenz. Unser ganzes Projekt zielt darauf ab, ein Computersystem zu entwerfen, das selbstständig Entscheidungen vornehmen kann. Also kein herkömmliches Expertensystem, das nach bestimmten vorgegebenen Regeln Fallunterscheidungen trifft, sondern ein System, das in der Lage ist, selbst Zusammenhänge zu erkennen und neue Regeln zu bilden. Wegmann hat ein Grundmuster gefunden, das sich mathematisch wie auch programmtechnisch in ein KI-System übernehmen lässt, das in einem, wenn auch beschränktem Anwendungsbereich, gewissermaßen selbstständig denkt."

Norder zeigte mit der brennenden weißen Pfeife auf den schwarzen Synthesizer-Kasten.

"Zusammen mit einem anderen Mitarbeiter hat er versucht, einfache menschliche Denkmuster in ein KI-System zu übertragen. Und so wie es aussieht, hat das auch geklappt. Die Maschine hier ist in der Lage, Daten, die wir neu eingeben, zu ordnen und in Beziehung zu setzen, ohne dass wir in irgendeiner Form diese Beziehungen oder Zusammenhänge mit angeben."

Norder drehte sich zu Martin herum. "Das klappt zurzeit natürlich nur für einen sehr eingeschränkten Anwendungsbereich, gewissermaßen in einem mikroskopischen Umweltfeld. Aber die prinzipielle Möglichkeit ist technisch verwirklicht und theoretisch untermauert."

Martin dachte an einen Film, den er vor langer Zeit gesehen hatte, an Hal, den sprechenden und sich selbst empfindenden Computer. Er blickte zweifelnd auf das Kabelnetz und die matten schwarzen Bildschirme. "Worin genau wird meine Aufgabe bestehen? Wenn ich richtig verstanden habe, vermissen Sie Unterlagen zu diesem Projekt?"

Norder schlenderte zu dem Schreibtisch und sah aus dem Fenster. "Nun, abgesehen vom Tod Wegmanns, der uns an sich schon Probleme bereitet - er war zwar ein eigenwilliger aber auch genialer Mitarbeiter -, fehlen uns weniger die konkreten Unterlagen zu diesem Projekt als vielmehr bestimmte Bruchstücke und Unterlagen, die eine Weiterführung und Ausdehnung des Modellversuchs erst ermöglichen werden."

Norder räusperte sich, eine Unsicherheit, die Martin mit Wohlgefallen zur Kenntnis nahm. "Wegmann hat sich auf einem neuen Forschungsfeld bewegt, weitab von gesicherten wissenschaftlichen Erkenntnissen, dabei aber Fortschritte erzielt, die erst im Nachhinein nachvollziehbar, erklärbar und damit auch anwendbar werden."

Martin unterbrach ihn: "Das heißt, Sie kennen die Ergebnisse, aber nicht den genauen Weg dorthin?"

"Lassen Sie es mich anders formulieren." Norder schlenderte zur Couch und blickte auf das Ölbild. "Wegmann war ohne Zweifel ein fähiger Wissenschaftler, ein Großteil seiner Gedanken und Impulse jedoch kam sicherlich nicht aus diesem Bereich. Wenn er, ich benutze das Wort ungern, ein normaler Wissenschaftler gewesen wäre, bedürften wir Ihrer Hilfe nicht." Norder drehte sich um und blickte Martin direkt ins Gesicht. "Zudem können wir es uns keinesfalls erlauben, andere auf die Wichtigkeit dieser Untersuchung und ihrer Ergebnisse hinzuweisen."

Martin schob mit der Hand einen Papierstapel auf dem Schreibtisch auseinander und betrachtete das dunkle Holz des Schreibtischs. "Kommt Industriespionage in Betracht?"

"Ganz ausschließen können wir das nicht." Während des Gesprächs hatte Norder etwas von seiner gestylten weißen Sicherheit verloren.

"Gibt es Anhaltspunkte, wonach ich suchen muss, in welcher Form die Aufzeichnungen eventuell vorliegen? Hatte Wegmann Gewohnheiten, die auf das Verbleiben der Unterlagen deuten könnten?"

"Ich muss gestehen, dass wir uns um den privaten Bereich unserer Mitarbeiter selten kümmern. Und, soweit es das Institut betrifft, können wir mit Sicherheit ausschließen, dass sich die Unterlagen hier befinden."

Sehr ergiebig war diese Auskunft nicht. Martin wusste immer noch nicht, wonach er genau suchen sollte, wie das aussehen konnte, das er suchen sollte, geschweige denn, wo er mit der Suche beginnen konnte. Vielleicht eine CD, DVD oder einen Packen Computerlistenings, möglicherweise auch ein kleines Heft mit Formeln, kryptischen Sätzen und Diagrammen. Wieder erinnerte er sich an das Tagebuch, das er nur gefunden hatte, weil er schief hängende Spiegel ebenso hasste wie Bilder, die nicht exakt ausgerichtet waren. Er hatte den Spiegel im Badezimmer leicht ausgerichtet, war mit der Hand am Rahmen entlanggefahren und hatte festgestellt, dass er an einer Seite leicht von der Wand abstand. In einer schwarzen schmalen Ledertasche hatte er das Tagebuch gefunden, eng beschrieben mit Sätzen, zu denen er abends keinen Zugang mehr gefunden hatte. Martin musste bei dem Gedanken lächeln. Möglicherweise hielt er das, wonach er suchen sollte, schon längst in Händen. Ein Grund mehr, jetzt noch nicht darauf einzugehen.

"Es wird sicher notwendig sein, dass Sie sich mit den anderen Mitarbeitern unterhalten. Ich muss gestehen, dass ich noch nicht weiß, wie wir Sie vorstellen sollen."

Martin dachte kurz darüber nach. "Vielleicht als Verwandten von Wegmann?"

Norder schüttelte den Kopf. "Nein, es wissen alle, dass er keine Verwandten hatte. Ich glaube, es wird besser sein, wir bezeichnen Sie als das, was Sie sind, als einen Ermittler, der nach den verschwundenen Unterlagen sucht."

"Vielleicht als Beauftragter des Stammhauses?"

Norders Gesichtsausdruck zeigte, dass diese Idee nicht so gut war, wie sie klang. Er schüttelte nur kurz den Kopf und ging nicht weiter auf die Frage ein, als gehöre das zu einem Thema, das er keinesfalls diskutieren wollte. Sie gingen in den angrenzenden Raum, der bis auf den Schreibtisch und das Blumensofa Wegmanns Büro ähnelte. Auch hier, wie in den weiteren Zimmern, lagen Papierstapel und Bücher scheinbar ungeordnet im Weg, quollen Kabel aus Computernetzen, deuteten volle Aschenbecher und halb volle Kaffeetassen betriebsame Hektik an, von der im Moment nur eine Ahnung die Räume beherrschte, als hätte Wegmanns plötzlicher Tod das Institut in einen Tiefschlaf versetzt. Es fehlten nur der gläserne Sarg und die sieben Zwerge. Der weckende Kuss blieb ihm vorbehalten?

Unversehens geriet Martin in ein anderes Märchen und beobachtete den kleinen grünen Frosch mit der goldenen Krone. Sah ihn auf den Tastaturen Zauberformeln tippen, bemerkte, wie er sich eine randlose Brille aufsetzte, um besser auf den flimmernden Bildschirmen lesen zu können. Der Bildschirm leuchtete auf, warf ein gleißendes Licht auf den grünen Frosch, der ebenfalls seine Farbe veränderte. Das weiße Jackett von P.K. Norder schimmerte noch blassgrün nach. Mit der randlosen Brille veränderte Norder sich von einem kühlen Yuppie-Manager in einen nachdenklichen Dozenten, weltfremd und hoffnungsfroh. Trotzdem überwog das Outfit des abgezockten Managers, der nicht bereit war, über alle Dinge zu reden, die vielleicht von Interesse sein konnten.

Wer finanzierte ein Institut an der Costa Brava, vollgestopft mit Hightechgeräten, bestens versorgt mit einer beeindruckenden Bibliothek, angenehm ausstaffiert mit allen nur möglichen Annehmlichkeiten: bestes Wetter, Strandnähe, freie Arbeitszeit, hauseigener Swimmingpool, mediterranes Ambiente?

Wer hatte Interesse an einem Computersystem, das eigenständig Entscheidungen fällte, also auch eigenverantwortlich? Wer war bereit, in diese ungewisse Zukunft zu investieren, und wer überprüfte den Fortschritt bei diesem Unterfangen? Welche Anwendungen warteten auf dieses System? Fragen, die vielleicht die Mitarbeiter beantworten konnten, wenn sie wollten, wenn sie durften, wenn sie etwas wussten oder zumindest vermuteten. P.K. Norder schwieg sich aus. Thomas Verhey, genannt Tom, Programmierer und Technikgenie, lag irgendwo in der Sonne am Strand. Therese Mansfeld, genannt Terry, Linguistin, befand sich auf einer Vortragsreise. Julian Oskar oder Oskar Julian? Er befand sich irgendwo, ohne Angabe von Gründen oder Orten, aber mit Wissen und Einverständnis von P.K. Norder, der allein die genaue Funktion von Julian kannte. Klaus Wegmann lag einen Meter tief unter der Erde, sein Tagebuch lag ungelesen auf Martins Bett. Noch ungelesen. Rodriguez, Faktotum, Dolmetscher, Gärtner, Fahrer und Verbindungsmann zur Urlaubswelt, war jetzt nicht da, Punkt und Schluss der Aufzählung.

In der Eingangshalle schlenderte Martin an den Bücherregalen vorbei, las Titel, die an den gehassten Mathematikunterricht in der Schule erinnerten, oder die an gar nichts erinnerten, in Ermanglung einer Vorstellung, was sie bedeuten konnten. Er las aber auch Titel, die ihn an sein kurzes Studium der Mediävistik erinnerten, fand philosophische Werke über antike Logik und, zu seiner Verblüffung, ein Buch von Carlos Castaneda. Es schien so, als sollte die Suche nach den verschwundenen Unterlagen mit der Suche nach den verstreuten Mitarbeitern beginnen. Martin dachte daran, dass Ermittlung etwas mit Mitte zu tun hatte. Diese Mitte wollte zuerst gefunden werden. Vielleicht lag diese Mitte im Museum nebenan?

3

Empurion, Ampurias, Empuries, Martin konnte sich aussuchen, wie er den Ort nennen wollte. Berühmt geworden durch den Fund einer Statue des Gottes Äskulap. Der Gott der Heilkunst und ein toter KI-Experte: Wo lag da der Zusammenhang?

Ein untersetzter Computerexperte schlendert schwitzend durch das Museum, verweilt scheinbar gelangweilt oder doch interessiert vor den Glasvitrinen. Sein Blick wird von den filigranen Glasgefäßen gebannt, die einmal Salben und Elixiere des Äskulap enthalten haben. Sucht er hier den Schlüssel zu seiner oder zu unser aller Krankheit? Oder ist, einfach und naheliegend, nur ein Treffpunkt vereinbart worden? "Wir treffen uns im Museum vor der Vitrine Nummer 25." Ist das Treffen zustande gekommen, oder musste es scheitern, weil das Museum montags geschlossen ist? Wer von beiden hat das nicht gewusst, und war das überhaupt von Bedeutung?

Fasziniert betrachtete Martin eine grün schimmernde Glasamphore, versuchte eine Vorstellung davon zu gewinnen, was darin aufbewahrt worden war. Eine sonore Stimme aus dem Hintergrund, mit spanischem Akzent, aber doch gut verständlich, beendete seinen Ausflug in die Vergangenheit. Griechische und römische Besiedlung, Normannenüberfälle, Bischöfe und Herzöge, zuletzt Fischer und Bauern, die sich hier für den eigenen Hausbau bedient hatten. Martin lauschte den Wortfetzen der Exkursion, während sein Blick auf dem Gefäß in der Vitrine haften blieb.

Auf dem kalten Marmorfußboden hatte Klaus Wegmann gelegen, leicht verkrampft nach einer Herzattacke. Vor der Holzimitation eines römischen Sarkophags war er gefunden worden. Martin fühlte den Impuls in sich aufsteigen, im Innern des Steinsargs nachzuschauen, der nur noch ein Holzsarg war. Hatte Wegmann versucht, einen Briefkasten zu leeren oder zu füllen? Martin wurde von der Touristengruppe in den angrenzenden Raum gedrängt: Messer, Schwerter und Pflüge. Hatte ein Kampf stattgefunden? Wohl kaum.

Ein Computerexperte besucht das Museum und macht sich Notizen in seinem kleinen schwarzen Heft. Seine Freundschaft mit den Wissenschaftlern, die mit ihren Ausgrabungen beschäftigt sind, ermöglicht ihm den Besuch des geschlossenen Museums. Allein gelassen, irren seine Assoziationsketten durch den Raum, werden von Artefakten einer vergangenen Zeit gefangen und abgestrahlt in die Zukunft. Das Gitter der Gedankensprünge und Vergleiche verdichtet sich zu einer Hypothese, deren Richtigkeit durch das Gelingen seines

Versuchs bestätigt wird. Findet er das Schwert zum Zertrennen des gordischen Computerknotens in diesen Räumen?

Martin trat hinaus in die Sonne und blickte auf die Mauerreste der ausgegrabenen Stadt und auf das Meer dahinter. Unter den Pinien blitzten die Fensterscheiben der dort abgestellten Autos in der Sonne. Auch hier dieses Spannungsfeld: Altertum und mystische Assoziationen, moderne Technik und der Glanz der flirrenden Urlaubswelt. Netze, die einer Entwirrung bedurften. Computernetze und Fischernetze, Assoziationen und logische Schlüsse, Wissenschaft und Urlaubsentspannung. Verbindendes Element blieb das Meer. Seine Wellen rollten auf den Strand und verwischten dort die Spuren.

Martin sah sich selbst, eine verirrte Urlaubsvision: die gelben Bermudashorts mit dem blauen Sweatshirt, die nackten Füße in Leinenschlappen, welche, ohne sein Zutun, die Treppen zur höher gelegenen römischen Stadt emporstiegen, auf der Suche nach Zusammenhängen, die sich mit jedem seiner Schritte weiter entfernten. Er folgte dem steinigen Weg zu dem nachgebauten Forum, wechselte die Richtung, um nicht in die grelle Sonne blicken zu müssen, und ging auf die beeindruckenden Reste der ehemaligen Stadtmauer zu. Der Wunsch, jetzt am Strand zu liegen und in den Wellen zu schwimmen, wurde mit abnehmender Entfernung zum Stadttor stärker. Er trat durch das Tor hinaus vor die Stadt, versuchte, das sich gegenseitig fotografierende Pärchen nicht zu stören, und sah auf den Kreis der Mauerreste eines Amphitheaters. Darüber hinweg, hinter dem kleinen Wäldchen, vermochte er das Dach des Instituts zu erkennen.

Auf der kleinen Mauer, den Rücken zu ihm gewandt, bemerkte Martin einen Mann, dessen schwarzes Haar, verwaschene Jeans und T-Shirt an den Spanier von heute Morgen erinnerten. Er war versucht, auf den Mann zuzugehen und sich neben ihn zu setzen. Vielleicht konnte er ihn um Feuer für seine Zigarette bitten? Er zog es jedoch vor, scheinbar fasziniert weiter an der Stadtmauer entlang zu gehen, die fast vier Meter hoch vor ihm aufragte, und warf dem Spanier aus den Augenwinkeln einen Blick zu.

Es konnte kein Zweifel bestehen; das war der Mann, der heute Morgen vor seinem Appartement gewartet hatte. Mit expertenhaften Verrenkungen schoss Martin ein Foto vom Amphitheater und achtete darauf, dass der Mann mit in den Bildvordergrund geriet. Sein Suchen nach dem Bildausschnitt, seine Körperhaltung, seine prüfenden Blicke zur Sonnenrichtung schienen Ablenkung genug. Der Spanier hatte kurz zu ihm herübergeblickt und schaute dann wieder versonnen zum Mittelpunkt des ehemaligen Theaters. Mitte und Mittelpunkt. Die Mitte zwischen Museum und Institut.

Hatte der Mann ihn verfolgt und war ihm hierher vorausgeeilt? War das ein Treffpunkt? Wollte P.K. Norder jederzeit wissen, was er, Martin Silber, trieb? Konnte das Zufall sein? Wie hoch war die Wahrscheinlichkeit, dass er heute Morgen auf eine andere Person gewartet hatte und es hier auch wieder tat? Martin spürte, dass die Sonnenstrahlen begannen, seine Gedankenkombinationen zu beeinflussen. Er hätte einen Hut aufsetzen sollen.

Er schlenderte durch die Mitte der Kampfarena zurück, dicht an dem Spanier vorbei, um dem die Möglichkeit zu geben, ihn anzusprechen, aber auch, um ihn selbst genauer betrachten zu können. Mitte vierzig, vielleicht auch Mitte dreißig, dichtes, schwarzes, leicht gewelltes Haar über einem dunkelbraunen Gesicht mit schwarzen Augen, schmale Schultern und schlanke, gebräunte Hände, die Füße in Leinenschlappen. Ein kurzer und prüfender Blick auf den Vorübergehenden, aber kein Versuch, mit ihm zu sprechen. Martin schlenderte auf das Stadttor zu, blieb einen kurzen Moment stehen, da er unschlüssig war, ob er zurückgehen oder warten sollte, entschloss sich aber dann, den gleichen Weg, den er hergekommen war, auch jetzt wieder zu nehmen. Über das Forum Romanum die Treppen zum Museum hinunter, durch den Park mit grünen Büschen und schlanken Bäumen zum Parkplatz, auf dem sein Cabrio wartete. Was hatte sein Besuch gebracht?

Er fuhr vor dem Institut vor, ging in die Eingangshalle, wartete und lauschte. Es schien niemand anwesend zu sein. Zumindest machte sich niemand bemerkbar. Martin schritt zielsicher auf ein Foto an der Wand zu und betrachtete es sorgfältig. Kein Zweifel, dort stand der Spanier an den weißen Jeep gelehnt in der Gruppe der Institutsangehörigen. Martin versuchte, sich die anderen Gesichter einzuprägen, um sie bei Bedarf wiederzuerkennen. Rodriguez, Fahrer, Gärtner, Mädchen für alles. Auch zuständig für das Hinterherspionieren? Ein weißer Jeep, ein weißer Anzug, eine weiße Pfeife, auch eine weiße Weste? Martin unterdrückte den Impuls, die Treppe hinaufzusteigen und nachzusehen, was die verschlossene Tür am Ende der schmalen Treppe verbarg. Während er in sein Auto stieg und nach L'Escala zurückfuhr, versuchte er Klarheit darüber zu gewinnen, worin genau sein Auftrag bestand.

Auf dem kleinen Markt im alten Ortskern von L'Escala drängten sich die Touristen gegenseitig von den schmalen Bürgersteigen auf die verstopften Straßen. Wer war Klaus Wegmann gewesen?

Martin bog auf die Uferpromenade ein, die ihn zum Ortsteil Riells führte, den Felsstrand zur Linken und den hässlichen Appartementhochhäusern zur Rechten entlang. Der kleine Kreisverkehr am Ende der Promenade war nun chaotisch verstopft. Er schaute zum Strand, der sich gefüllt hatte mit

Sonnenschirmen, lang hin geräkelten Bräunungswilligen, herumtollenden Kindern und Hunden.

Mit wem konnte er über Klaus Wegmann sprechen, um sich ein Bild von dessen Charakter, von seinen Ideen und seinen Fähigkeiten zu machen?

Martin beschloss, seine Schwimmsachen und die Aufzeichnungen von Klaus Wegmann aus seinem Appartement zu holen und sich ebenfalls an den Strand zu legen. Er bezahlte für den beaufsichtigten Parkplatz vier Euro und breitete seine Strohmatte im heißen Sand aus. Mit dem Gesicht zum Meer lag er ausgestreckt da, stützte sich mit den Ellenbogen ab und schaute auf die Menschen um sich herum. Wohlgeformte und entblößte Mädchenbrüste zogen die Blicke auf sich und lenkten von den älteren Jahrgängen ab. Zarte Brauntöne und Rotfärbungen gaben Auskunft über die schon genossenen Urlaubstage. Martin schlug das schwarze Heft wahllos auf und begann darin zu lesen:

„..... ich vermute deshalb, dass Corry bei dieser Annahme Recht hat. Was bedeutet schon Intelligenz? Wann verstehe ich etwas erst dann, wenn ich es erklären kann, wenn ich es anwenden kann, wenn ich es meinem bisherigen Wissen zuordnen kann? Wird dadurch nicht mein ganzes Wissen neu geordnet? -
Was genau tut Harry, wenn er Fakten zu einem Wissenszusammenhang neu ordnet?

Man sollte ihn besoffen machen, damit er ganz unverfälscht aus der Schule plaudern kann. Armer Harry, aber vielleicht schaffen wir das auch noch, ihn besoffen zu machen.
- Wir müssen Harry die Möglichkeit geben, unstrukturiert zu arbeiten - ..."

Martin blätterte ein paar Seiten weiter und versuchte sich vom Geschrei der Kinder und den inhaltslosen Small Talks der Erwachsenen um ihn herum nicht ablenken zu lassen.

„... Terry ist eine dumme Kuh. Ihre semantischen Codes sind der letzte Schwachsinn. Selbst Norder würde mir zustimmen, wenn sie nicht eine tolle Figur hätte. Corry hat keine tolle Figur, dafür versteht sie den Übergang."

Ein Ball prallte gegen seinen Kopf, gefolgt von einem mehr fallenden als rennenden kleinen Jungen, der kichernd nach dem Ball griff. Beim Fortlaufen schleuderten seine nackten Füße Sandfontänen auf die Matte und in das Heft. Wer war Corry?

Beim Ausschütteln des Sands hatte er die Seiten verschlagen.

„Die guten alten Flowertage, ein bisschen Gras, eine Dose Bier, mit Corry am Strand liegen. Freiheit und Ideale, it never rains in California.

Man müsste den Castaneda nehmen, umsetzen und in Harry hineinpacken.

Vielleicht sollten wir doch besser Rodriguez nehmen?"

Es folgte, quer über die nächsten zwei Seiten gezeichnet, eine skurrile Figur, von der Martin zuerst nicht wusste, ob sie eine Zeichnung oder einen Schaltplan darstellte. Wenn er das Heft schräg hielt, ähnelte es mehr der Karikatur eines Gesichtes, das er auf dem Bild in der Halle schon gesehen hatte. Wer war Harry?

Die Zeichnung stellte offensichtlich eine kleine Szene dar: Das Gesicht wurde mit den Haaren voran in einen Kasten geschoben, an dem sich die Nase zu verhaken schien. Es folgten mehrere Seiten, die in einer anderen Sprache geschrieben waren. Die Buchstaben erinnerten ein wenig an das kyrillische Alphabet. Nach längerem Betrachten aber war Martin sicher, dass es sich nicht um eine andere Sprache, sondern um einen Code handelte. Eine scheinbar zufällige Kombination von Buchstaben und Grafikzeichen. Er klappte das Heft zu und ging schwimmen.

Der Inhalt des schwarzen Heftes mochte aufschlussreich sein, die gesuchten Unterlagen waren es sicherlich nicht. Als die Wellen über seinem Kopf zusammenschlugen, verfestigte sich in ihm der Gedanke, dass die Unterlagen das Letzte sein könnten, was er finden würde.

4

„Ich habe den Eindruck, dass wir uns auf ein Gebiet begeben, in dem wir nicht mehr Herr unserer Entscheidungen sein werden. Keiner von uns besitzt, genau betrachtet, diese Freiheit. Wissenschaft bedeutet immer schon, zweckgebunden zu denken, und sei es nur, um mit Exaktheit und Verifizierbarkeit zu denken, zu schreiben und zu reden. Hier und jetzt kann ich schreiben, was ich will und wie ich will. Es muss keinen Sinn haben, es reicht aus, wenn es für mich Sinn hat. Terry spricht immer von der maximalen Übereinstimmung und dem minimalen Kontextzusammenhang. Das klingt so gewaltig, so gelehrt, meint aber nur, dass wir erst dann, wenn wir miteinander reden können, und auch nur dann, uns verständigen können über das, was wir meinen, um endlich zu einer Übereinstimmung unserer Meinungen gelangen zu können.

Was mich daran so fasziniert, ist die Tatsache, ob anerkannt oder nicht, dass wir diese Übereinstimmung nicht nur mit unserem Verstand erreichen.

Wir erreichen das nicht ohne unseren Verstand, aber eben nicht nur allein mit unserem Verstand.

Harry kann denken, er benutzt seinen Verstand. Die Frage bleibt, was wir ihm noch beibringen müssen, damit er die Freiheit erlangt, sich eine Meinung zu bilden. Die Freiheit, seine Meinung mit uns zu diskutieren und ...
Ja, und was?
Terry spricht von Bedeutungszusammenhängen. Sie spricht von Regeln, die wir befolgen, ohne sie genau zu kennen. Eine ihrer Hauptbeschäftigungen liegt in der Überprüfung, was geschieht, wenn wir diese Regeln verletzen.
Dabei ist das schon klar: Wenn ich mich besaufe und dabei mit anderen diskutieren will, wenn sie mich dann nicht mehr verstehen, meine Gedankengänge nicht mehr nachvollziehen können, meine Meinung nicht mehr vertreten können, dann liegt das nicht daran, dass ich Regeln verletze, die ich nicht kenne, sondern schlicht daran, dass ich besoffen bin.
Corry behauptet, das Besaufen sei schon eine Regelverletzung. Aber sie meint das nicht ernst, denn sie geht auf ihren eigenen Trip.
Jede Regel hat eine Ausnahme: Wenn ich mich mit Rodriguez besaufe, dann, und nur dann, erreiche ich eine Übereinstimmung in unseren Meinungen.
Soweit zum Kontextzusammenhang.

Terry ist scharf auf Rodriguez, aber der ignoriert sie. Zumindest gelingt es ihm, diesen Eindruck zu erwecken. Eine Übereinstimmung in ihren Meinungen werden sie nicht mit dem Verstand erreichen.

Ich frage mich, was passieren würde, wenn wir Harry dazu bringen könnten, auch mal eine falsche Meinung zu vertreten.

Aber was ist eine falsche Meinung?

Wenn er von ihrer Richtigkeit überzeugt ist, dann ist sie ja nicht falsch. Wenn wir sie für falsch halten, dann liegt das nur daran, dass wir seine Gründe nicht kennen, sie für richtig zu halten.

Genau da liegt unser Problem: Wir kennen seine Gründe nicht mehr, Dinge für falsch oder richtig zu halten ..."

Martin zog an seiner Zigarette und schaute auf das Meer. Er saß auf dem Balkon, genoss die sich langsam abkühlende Luft, den Blick auf das sich dunkel färbende Panorama, und las in Klaus Wegmanns Heft. So wie die Gedanken sprangen, so blätterte er wahllos in den Seiten, fand hier und da Stellen, die ihn interessierten, fand andere Sätze, mit denen er wenig oder gar nichts anfangen konnte. Hin und wieder Passagen in jener eigentümlichen Schrift, die er für einen Code hielt. Die Gedankenwelt des Klaus Wegmann begann ihn zu interessieren.

Es war die Rede von technischen und logischen Problemen, aber es wurden nicht nur Details der Forschungsarbeit aufgezählt. Das Heft enthielt die Gedanken eines Mannes, der sich mit den Auswirkungen seiner Arbeit beschäftigte. Eigentlich weniger mit den Auswirkungen als mit seiner eigenen Stellungnahme zu seiner Arbeit. Martin erwartete, Hinweise zu finden auf die Beziehungen zwischen Wegmann und den anderen Mitarbeiter;, er erwartete, auf einen roten Faden zu stoßen, den er bis zur Mitte der Ereignisse verfolgen konnte, und er wurde nicht enttäuscht. Therese Mansfeld hatte ein Sprachsystem entwickelt, das zur Kommunikation mit Harry diente. Eine Sprache, der Wegmann im Wesentlichen die Eignung absprach. Thomas Verhey hatte eine Apparatur konstruiert, mit der sich Gedankenmuster eines Menschen in ein Computersystem übertragen ließen. Klaus Wegmann war der Initiator und Leiter dieses Spiels. Er war der Vater von Harry und dessen Mentor. Corry war die Mutter. Wegmann bezeichnete sie so.

Eine geheimnisvolle Corry, die bisher nur in den Aufzeichnungen auftauchte. Seltsamerweise kam immer wieder Rodriguez in diesem Spiel vor, in das er eigentlich nicht zu gehören schien. Rodriguez verstand etwas, Rodriguez verbesserte etwas, ja, Rodriguez initiierte sogar eine entscheidende Entwicklung. Der Gärtner, das Faktotum als Mentor? Zuerst hatte Martin bei der Nennung des Namens Harry an eine real

existierende Person geglaubt. Nach und nach verstand er jedoch die Regeln des Spiels:
Wegmann und Corry waren Vater und Mutter eines Computergehirns mit dem Namen Harry. Therese Mansfeld brachte ihm das Kommunizieren bei, und Thomas Verhey hatte die Voraussetzung geschaffen, ihm Leben einzuhauchen. Verwirrend blieb der Beitrag von Rodriguez, der offensichtlich eine inoffizielle Rolle spielte. Eine Rolle, von der nur Klaus Wegmann gewusst hatte.
P.K. Norder spielte in diesem Spiel ein weiteres neues Spiel: Das Team konnte nur mit ihm und für ihn arbeiten, das wurde klar. Aber niemand wusste offensichtlich, welches Spiel Norder spielte. Julian Oskar oder Oskar Julian war in den Abschnitten, die Martin bisher gelesen hatte, noch gar nicht vorgekommen. Dafür aber diese Corry, die weder von Norder erwähnt worden war noch auf dem Bild in der Halle zu sehen war. Interessant war die Erwähnung von Abhängigkeiten der Mitarbeiter. Es schien so, als bestünde mehr als nur eine finanzielle und vertragliche Bindung an P.K. Norder.
Martin begann sich zu fragen, welches Spiel die fünf Wissenschaftler wirklich gespielt hatten. Er fragte sich auch, welches sie noch spielten und welches mit ihm gespielt werden sollte.

Auf jeden Fall hatte er sich einen unschätzbaren Vorteil verschafft: Er besaß mit den Aufzeichnungen des Klaus Wegmann Informationen, von denen die anderen nichts wussten. Somit wussten sie auch nicht, was er schon wusste. Martin bemerkte, dass er seit dem ersten Gespräch mit P.K. Norder das Verlangen gespürt hatte, sich abzusichern, sich geheime Vorteile zu verschaffen, als ginge es hier um die Lösung in einem Abenteuer-Spiel und nicht um das Auffinden von verschwundenen Unterlagen.

Ja, er hatte das unbestimmte Gefühl, in diesem Spiel solle er, nachdem eine der Spielfiguren ausgeschieden war, eine Rolle übernehmen, von der er sicher wusste, dass er sie nie akzeptiert hätte, wenn er sie kennen würde. Aber wozu wollte man ihn benutzen?

Er verstand nichts von Künstlicher Intelligenz, hatte nur eine bescheidene Vorstellung von ihren Anwendungsmöglichkeiten. Martin sah sich als Experten für das Auffinden von Zusammenhängen, eine Fähigkeit, deren P.K. Norder sicherlich nicht bedurfte. Es sei denn, dass ihm das Experiment an einem ganz bestimmten Punkt außer Kontrolle geraten war. Dafür sprach die Tatsache, dass zurzeit in dem Institut nicht regelmäßig gearbeitet wurde - oder zumindest nicht mehr so wie zu Lebzeiten des Klaus Wegmann. Oder war die Arbeit wirklich nur ins Stocken geraten?

Martin schaute zu dem Swimmingpool hinüber, in dem ein älterer Mann schnaufend seine Bahnen zog.

In diesen Swimmingpool war abends auch Klaus Wegmann gestiegen, hatte sich auf der Wasseroberfläche treiben lassen, mit den Füßen das Wasser aufgewühlt, sich auf den Rücken gelegt und in den blauen Himmel gestarrt. So wie er zur Decke des Museums geschaut hatte, als man ihn fand.

Martin beschlich noch immer das Gefühl, dass der natürliche Tod des Klaus Wegmann alles andere als natürlich gewesen war. Natürlich wurde er erst dann, wenn man alle seine Ursachen kannte.

Martin beschloss, zum Hafen zu spazieren, sich die Geschäfte anzusehen.

Die Strandpromenade war belebt und bunt beleuchtet. Die Restaurants und Cafés füllten sich mit Musik und hungrigen Menschen. Das künstliche Licht ließ die Bräune der Körper wirken. Der Strand lag gelassen da, befeuchtet von den Wellen, die nun ungehindert heranrollen konnten. Martin schlenderte an dem Fischrestaurant vorbei, dessen Besuch er sich schon vorgemerkt hatte, und beobachtete die Fischer beim Beladen ihrer Schiffe. Bauchig und scheinbar schwerfällig im Vergleich zu den schnittigen Jachten, die nur wenig entfernt davon vor sich hin dümpelten. Auf einer der Jachten wurde gefeiert. Unberührt davon rauchte der bärtige Fischer seine Zigarette und wartete geduldig auf das Einladen der

Holzkisten für den Fang. Der Fischer rief lachend dem Mann etwas zu, der auf der Kaimauer saß. Seine Angelrute wippte in der Dämmerung. Als der Angler sich zu dem Fischer umdrehte und ins Wasser spuckte, erkannte Martin ihn. Gärtner, Fahrer, Spion, Vertrauter von Wegmann und Angler.

Martin setzte sich auf die Treppenstufen, die zur oberen Mauer hinaufführten. So saß er im Rücken von Rodriguez und konnte das Spiel, wenn es denn eins werden sollte, mitspielen. Er hätte sich jedoch ein Sweatshirt überziehen sollen, wer wusste, wie lange Rodriguez gedachte, seinem Hobby zu frönen?

Martin hatte drei Zigaretten geraucht und begann zu frieren, als Rodriguez seine Angelrute einholte, den Eimer neben sich griff und davonschlenderte. Sie gingen hintereinander die Promenade entlang, Rodriguez verweilte kurz zu einem Plausch vor einem Souvenirgeschäft, bog dann von der Hauptstraße ab in eine kleine Schottergasse. An den gemieteten Häusern der Touristen vorbei gelangte er über den Trampelpfad eines unbebauten Grundstücks zum Tennisplatz eines Appartementblocks. Von hier aus schwenkte er in eine Richtung, die Martin vertraut schien. Rodriguez blieb am Swimmingpool stehen und setzte sich auf die Mauer, die Rute über die Knie gelehnt, den Eimer neben sich. Martin war sicher gewesen, nicht entdeckt worden zu sein. Jetzt blieb ihm keine andere Wahl, er ging auf den Spanier zu und blieb neben ihm stehen.

"Sie wollen mit mir sprechen, Senor?" Eine tiefe und angenehme Stimme, in fast akzentfreiem Deutsch. Die Fältchen um die schwarzen Augen schienen belustigt zu lächeln.

Martin roch Fisch und brackiges Wasser in dem Eimer, er setzte sich ebenfalls auf die Mauer und blickte zu seiner Wohnung empor. "Ja, ich glaube, ein Gespräch mit Ihnen würde mir weiterhelfen." Ein idiotischer Anfang.

"Weiterhelfen wobei?"

"Sagen wir, bei der Suche ..." Martin unterbrach sich. Bei der Suche wonach? "Setzen wir uns zu mir auf den Balkon zu einem Schluck Whisky. Oder wäre Ihnen ein anderes Getränk und ein anderer Ort lieber?"

Sie stiegen die Treppe zum Appartement hinauf und setzten sich auf den Balkon. Während er die Gläser in der Kochnische füllte, gingen Martin die Möglichkeiten durch den Kopf, wie er das Gespräch beginnen sollte. Alle Planungen und Überlegungen erwiesen sich jedoch als überflüssig, es wurde ein angeregtes und feuchtes Plaudern über L'Escala, die Ruinen von Empuries, die Touristen und die Fische im Hafen. Mit zunehmendem Whiskykonsum fanden sie zu einer gemeinsamen Meinung über die Welt und das, was sie scheinbar zusammenhielt.

5

"Natürlich ist das hier eine gewaltige Gegend. Schauen Sie auf die Felsen und das Meer, die Klöster und Ruinen. Schon lange vor uns haben die Menschen erkannt, dass hier ein besonderes Stück Erde liegt.

Haben Sie schon den Wind gespürt, der aus den Bergen herabfällt?" Rodriguez nippte an seinem Glas, drehte es zwischen den Händen und ließ die Eiswürfel klingen. "Wenn Römer und Griechen hier ihre Häfen bauen, wenn die Kalifen bis hierher vordringen, wenn die Touristen hier ihren Urlaub verbringen, das hat schon Bedeutung."

"Es werden hier ja auch Forschungsinstitute gegründet." Martin versuchte, durch den heißen Nebel des Whiskys seine Spur wiederzufinden.

"Sie sollten nicht unten am Strand von Riells schwimmen gehen. Die Bucht Calla Montgo ist viel schöner. Das Wasser ist sauberer, und die Häuser auf den Felsen leuchten weißer. Außerdem gibt es dort keine Hochhäuser."

"Wieso sprechen Sie so hervorragend Deutsch?"

Rodriguez lachte und machte ein dunkles, schmatzendes Geräusch. "Ich habe im Museum als Fremdenführer gearbeitet. Ist Ihnen schon einmal aufgefallen, dass die Deutschen immer nur intelligente Fragen stellen? Die Amerikaner und Engländer sind entzückt und begeistert, die Franzosen gelassen, die Skandinavier haben Durst oder leiden unter den

Nachwirkungen ihres Durstes. Aber die Deutschen: Sie kommen mit kleinen Hochglanzheften, sie haben sich vorher informiert und stellen die Fragen, die man gar nicht beantworten muss. Ich liebe deutsche Menschen, sie nehmen sich so ernst. Achten Sie am Strand einmal auf die Menschen, die einen Sonnenschirm und Liegen mitbringen. Achten Sie darauf, wie sie alles aufbauen, um die mitgebrachte Kühltasche herum. Wie sie sich regelmäßig und wissenschaftlich eincremen. Hören Sie hin, wenn sie ihren Kindern erklären, wie lange sie in der Sonne und wie lange sie im Wasser bleiben dürfen. Deutsche Kinder sind auch nie schmutzig, selbst, wenn sie im Sand spielen, scheint der Sand von ihnen abzuperlen wie Wasser. Wenn deutsche Kinder spielen, ist es immer ein klein wenig wie Schule, die Schule fürs Leben. Die kleinen Franzosen und Engländer, vor allem die Engländer mit ihrer rot entzündeten Haut, ihrem eiscremeverschmutzten Gesicht, auf dem der feine Sand so schön haften bleibt, sind so verschieden von ihnen. Mir hat es immer schon Spaß gemacht, Deutsch zu sprechen. Es klingt so präzise, und man kann so lange reden, dass niemand merkt, was man wirklich sagt." Das Eis im Glas klingelte erneut, als wolle es die Worte unterstreichen. Ein helles, lachendes Klingeln. "Eigentlich wollte ich die Arbeit im Museum nicht aufgeben. Aber jetzt verdiene ich so viel Geld und muss kaum etwas dafür tun. Ins Museum gehe ich immer noch und schaue mir die Menschen dort an."

"Was machen Sie denn im Institut?"

"Die Menschen hier nennen ihn den Schneemann: Er fährt ein weißes Auto, raucht seine weiße Pfeife, geht mit seinem weißen Anzug in die Bank und unterschreibt mit einem weißen Stift seine Schecks. Er hat mich im Museum angesprochen. Zuerst waren es nur ein paar Stunden. Er musste mit dem Notar über das Haus und das Grundstück sprechen, er brauchte eine Köchin, musste nach Barcelona fahren. Ich musste seine Leute abholen, von der Grenze in Perpignan, aus Gerona vom Flughafen. Ich bin mit dem weißen Auto gefahren, und sie haben mich schon den kleinen Schneemann genannt. Jetzt sorge ich für den Garten und den Swimmingpool, fahre Tom suchen. Es ist ein lustiges Leben, und sie sprechen alle Deutsch, aber kaum Spanisch."

"Ich würde auch gern Spanisch sprechen, aber in der Schule habe ich nur Englisch gelernt, nicht einmal Französisch. Mathematik und Physik, Chemie und Biologie schienen damals wichtiger, dabei habe ich Philosophie am liebsten gemocht." Martin schüttelte verwundert den Kopf. "Mit Latein als Fremdsprache haben wir angefangen. Situs vi late inisse tabernit."

Rodriguez verstand ihn nicht.

"Sit us vi latein, isset aber nit."

Er musste es erklären, und sie lachten beide.

"Mein Lehrer hat immer zu mir gesagt: *Si tacuisses philosophus mansisses*. O hättest du geschwiegen, so wärst du ein Philosoph geblieben."

Martin Silber, Schweigen ist Gold.

"Was suchst du eigentlich?"

"Wer etwas sucht, findet auch immer etwas. Es kommt gar nicht darauf an, was man sucht. Nur suchen muss man. Aber ehrlich, ich weiß es noch nicht genau, ich glaube, es ist auch nicht so wichtig, was ich suche. Wichtig ist immer nur, was ich finde."

"Wir haben die alten Häuser und Scherben gefunden, und jetzt haben uns die Touristen gefunden. Hast du Äskulap gesehen? Den haben sie auch gefunden."

"Ihm fehlt eine weiße Pfeife, dann wäre er der Äskulap-Schneemann. Schneit es eigentlich hier im Winter?"

"Ich liebe Schnee. Einmal habe ich eine Gruppe Touristen in die Berge gefahren, sie haben den Schnee gar nicht bemerkt, sie haben nur die Häuser fotografiert, die Kirche besucht und auf den Berg dahinter geblickt. Ich wollte mir etwas Schnee mit zurücknehmen, aber er ist unterwegs geschmolzen. Ich war noch sehr jung."

Martin füllte die Gläser auf. "Schnee ist kalt und sauber."

"Das Meer war es auch einmal." Rodriguez wirkte traurig.

"Du hast mir immer noch nicht erzählt, wo du Deutsch gelernt hast."

"Mein Vater war ein kluger Mann. Ich wollte Kellner werden, mit dem feinen Anzug die hübschen hellhäutigen Senoritas bedienen. Er aber schickte mich auf die Schule nach Figueres. Dann wollte ich Maler werden. Du musst dir die Dali-Bilder ansehen, sie sind sehr schön. Wusstest du, dass er hier geboren und gestorben ist? Er war lange Zeit weg, aber er ist immer wiedergekommen. Wir müssen nach Cadaques fahren, mit deinem Auto. Wir müssen das Dach wegmachen und auf der Küstenstraße fahren. Ich bin mit dem weißen Jeep gefahren. Das ist unser Land und unser Licht und unser Meer. Keine Häuser und Touristen, nur Land und Meer." Rodriguez wiegte den Kopf, als summte er ein schönes Lied. "Ich wollte auch malen lernen, so malen wie Dali, aber ich kann es nicht. So bin ich Fremdenführer geworden."

Martin schüttelte den Kopf, sein Glas schwappte über, als er sich vorlehnte. "Der Fremdenführer führt die Fremden in der Fremde. Wir brauchen alle einen Fremdenführer, denn wir sind uns alle fremd. Ein Fremdenführer ist ein guter Mann."

Woher kamen ihm diese verrückten Gedanken?

Rodriguez stieß ihn an: "Du bist betrunken."

"Wir Fremden sind immer alle betrunken. Betrunken von der Landschaft, betrunken von der Sonne und den Menschen.

Dann betrinken wir uns noch mehr, und die Landschaft wird auch betrunken von der Sonne."

"Richtig betrunken wirst du nur von echtem spanischen Brandy. So sind wir noch nicht richtig betrunken."

"Hier ist Brandy. Mit dem Namen deines Königs. Komm, trink aus. Wir werden uns jetzt richtig spanisch betrinken."

"Wir werden uns wie die Landschaft betrinken. Auf die Sonne, sie soll immer scheinen."

"Auf Äskulap, er möge ihr dabei helfen."

"Auf alle Schneemänner, die sie dann schmelzen wird."

"Auf die Häuser unter den Häusern."

Sie standen aufrecht auf dem Balkon, die Gläser erhoben und prosteten auf das Meer hinaus. Die Häuser und der Balkon schwankten leicht mit den Wellen des Meeres.

"Wir müssen noch auf die Fischer trinken, sie fahren jetzt hinaus. Hörst du sie?" Mühsam erhoben sie sich noch einmal, der Tisch schwankte mit ihnen. "Wir werden jetzt meinen Fisch braten. Zeig mir die Küche."

Rodriguez Messer, zu einem Teil mit der Hand verschmolzen, öffnete geschickt den Fischbauch und entfernte die Eingeweide. Martin spürte Übelkeit aufsteigen. Er setzte sich an den Tisch und nippte an seinem Brandy. "Wo ist die Butter? Mein Fisch darf nur in Butter braten, alles andere ist unter seiner Würde."

Während der Fisch in der Pfanne seinen appetitlichen Geruch verströmte, versuchte Martin gleichmäßige Brotscheiben zu schneiden. "Hast du Wein? Mein Fisch will mit weißem Wein gegessen werden."
Sie mussten roten Wein nehmen, dem sie zuvor die Absolution erteilten. Denn den Fisch mit Rotwein zu essen, das war eine Häresie, wie Rodriguez behauptete. "Diesen Fisch musst du mit Weißwein genießen, erst dann schenkt er dir seinen Geschmack."
Die durch den Fisch aufkommende Nüchternheit wurde durch den schweren Rotwein wieder eingedämmt. Martin kaute mechanisch auf dem trockenen Brot und schaute auf das lächelnde Gesicht von Rodriguez. "Du bist ein großes Kind."
"Wir sind alle Kinder dieses Landes."
Auf einmal dachte Martin daran, dass dieses Land ein synthetisches Kind geboren hatte, von dessen Fähigkeiten er nichts wusste. Er erinnerte sich daran, dass er sich mit dem Vater dieses Kindes beschäftigen sollte, aber der schwere Wein ließ ihn den Gedanken wieder verlieren.

6

Martin trank gerade seinen schwarzen Morgenkaffee, der zum Mittagskaffee geraten war, und schaute durch die Sonnenbrille in das zu helle Licht, als der weiße Jeep vorfuhr und Rodriguez zu ihm heraufrief: "Komm herunter, wir müssen Tom suchen."

Er fand noch Zeit, an eine Kopfbedeckung zu denken, deren Verwendung ihm in Anbetracht seines Zustandes heute absolut notwendig erschien. Die kurzen, harten Stöße des Jeeps durchfuhren seinen Körper und stachen zwischen Kopf und Nacken heraus. Sein Magen reagierte sensibel mit, alles in seinem Körper schien den Schwingungen des Alltags entgegenzuwirken. Einzig der angenehm kühle Fahrtwind verschaffte Linderung.

"Wohin fahren wir?" Selbst seine Stimme benötigte heute Morgen eine Eingewöhnungszeit. Er blickte zu Rodriguez hinüber, konnte bei dem aber keine Nachwirkungen des feuchten Nachtfestes entdecken.

"Wir müssen Tom suchen. Der Chef braucht ihn." Rodriguez' Stimme klang frisch und ausgeruht, er saß locker hinter dem Lenkrad und schaukelte in den Kurven munter mit.

Seine Fahrweise schien dem Gemütszustand angepasst: forsch und agil.

"Er fährt oft mit dem Fahrrad die Küstenstraße entlang. Meistens finde ich ihn in der Nähe von Llansa oder Cadaques."

Martin dachte an die sengende Sonne, an steile und enge Kurven, sah Schweißtropfen und verhärtete Muskeln. Auf der Hinfahrt hatte er kopfschüttelnd die Radfahrer überholt, in ihren engen und bunten Trikots, hatte sie im Rückspiegel kleiner werden sehen und sich gefragt, was einen Menschen dazu treiben konnte, sich so zu verausgaben.

"Fast alle Franzosen und Belgier bringen ihre Rennräder mit in den Urlaub. Du siehst sie die ganze Küstenstraße entlang."

Rodriguez schien es nicht komisch zu finden. Es war einfach so. Auf der Höhe von Rosas lag ein Aqua Park, dessen lange Wasserrutschbahn Martin sehnsüchtig musterte, während sie vor einer roten Ampel anhielten.

"Ist Tom Franzose oder Belgier?" Martin war sich selbst nicht sicher, was daran wichtig sein könnte.

"Nein, er ist Holländer."

Unter Radfahrern machte das keinen Unterschied. Der Ausblick von der Küstenstraße aufs Meer verdrängte die Fragen, die sich hätten anschließen können. Martin genoss das vorbeiziehende Bild von Wellen und Felsen, durchbrochen von vorbeiflitzenden Büschen und Bäumen, die keine Pinien waren. Die Häuser und Felsen, in weißes und graubraunes Licht getaucht, reflektierten das Blaugrün, das vom Meer hochschwebte und sich mit der klaren Luft vermengte, zu einem Bild, zu Gegenständen, die keine Farbe besaßen, sondern Licht reflektierten und brachen. Da er keine Gegenstände sah, sondern nur ihren Lichtreflex, machte es auch nichts aus, dass er die Mitte nicht fand. Es reichte, wenn er das Licht fand, das von der Mitte gebrochen und reflektiert wurde. Licht wollte nicht gesucht und gefunden werden, Licht war da, umgab ihn, erschuf seine Vorstellungen von der Welt, durch die ihn der Jeep rumpelte.

"Wir müssten ihn bald treffen. Achte auf sein blaues Trikot oder auf das silberne Rennrad. Manchmal stellt er es am Straßenrand ab und klettert die Felsen hinunter zum Strand."

Martin wurde mit der Schulter gegen den Türrahmen gestoßen, als Rodriguez den Wagen mit einer Vollbremsung auf dem Schotter neben der Straße rutschend zum Stillstand brachte. Eine Staubwolke hüllte sie ein und gab streifig den Blick frei auf den Abhang, der Martins Magen in Unruhe versetzte. Die Vorstellung, sie hätten ein wenig weiter nach rechts rutschen können, lähmte ihn. Der Blick auf eine kleine Bucht mit weißen Wellenkämmen wog das Gefühl nicht auf. Rodriguez klettert aus dem Wagen, ohne die Tür zu öffnen, begann den Abhang hinunterzusteigen und verschwand. Eine

feine Staubwolke zeigte an, wohin er sich bewegte. Martin hörte ihn rufen, hörte Steine und Felsbrocken den Abhang hinunterkollern, hörte die Brandung und den Wind, das Geräusch eines Lkw, der die Straße hochkroch. Ein Fahrrad konnte er nirgends entdecken. Ebenso wenig bemerkte er ein blaues Trikot. Lachen und Gesprächsfetzen näherten sich, ein Fahrradlenker erschien, gefolgt von einer Schulter und einem Kopf mit rotbraunen, gewellten Haaren. Ein muskulöser Körper in schwarzer, enger Rennhose. Das Haar war zu einem kurzen Zopf gebunden. Lachend schob Rodriguez den Mann am Gesäß zum Jeep und half, das Fahrrad auf den Rücksitz zu heben. Sie zwängten sich auf die vorderen Sitze. Martin wurde gegen die Tür gedrückt und nahm den leichten Schweißgeruch wahr, der aus dem blauen Trikot strömte.
"Was genau hat er denn gesagt?" Der Mann schaute Martin kurz ins Gesicht und wandte sich wieder Rodriguez zu, der den Wagen schlitternd herumdrehte und die Straße hinunterbrauste, als gelte es, einen Rekord aufzustellen.
"Tom, du weißt, wie er ist. Er hat nur gesagt, ich soll dich suchen und schnellstens herbringen."
Der Mann drehte sich wieder zu Martin hin und grinste. "So geht das immer. Kaum habe ich ein schönes Fleckchen Erde gefunden, schon kommt er angebraust und zerrt mich weg."
Rodriguez bremste hinter einer Kurve dicht vor einem langsamer fahrenden Auto abrupt ab und ließ sie alle drei mit den

Schultern zusammenstoßen. "Das ist Martin, er ist gestern angekommen."

Der Schweiß schien vom Körper im blauen Trikot auf seinen Körper überzugreifen. Martin spürte, wie sein Hemd zu kleben begann. Er fühlte sich eingeengt und schwitzig.

"Hallo, ich heiße Tom." Eine Hand wurde zu ihm hingestreckt und er musste sich verrenken, um sie zu ergreifen. Eine schmale Hand mit langen Fingern, die nicht zu dem muskulösen Körper zu passen schien. Martin kam der Verdacht, dass auch der Kopf nicht zu dem Körper passte, dass nur durch den roten Bart und das dichte, zusammengeknotete Haar ein Ausgleich erzielt wurde. Rodriguez brauste durch Rosas, als wären sie die einzigen Verkehrsteilnehmer. Das Fahrrad auf dem Rücksitz quittierte die überhöhte Geschwindigkeit mit metallischen Geräuschen. Martin, eingezwängt zwischen Tür und blauem Trikot, verkrampfte sich mehr und mehr. Er sah Beinahe Unfälle und knappes Entkommen, bemerkte, dass sie in engen Kurven auf die Gegenfahrbahn gerieten, und hoffte, niemand möge entgegenkommen.

Tom saß locker neben ihm, die schlanken Hände auf den rot behaarten Oberschenkeln und grinste in die Landschaft, die an ihnen vorbeiflog. Rodriguez war ganz von seiner Aufgabe gefangen, den Jeep heil auf der Straße zu halten. Martin hätte es nicht verwundert, wenn sie bis in die Halle des Instituts hineingefahren wären, aber Rodriguez brachte den Jeep vor dem Eingang in einer Staubwolke zum Stehen.

"Es ist immer wieder ein Genuss, von dir gefahren zu werden." Tom drängte Rodriguez aus der Wagentür und lief federnd die Treppenstufen hoch. Während Rodriguez sich mit dem Fahrrad abmühte, saß Martin gelähmt auf dem Sitz und betrachtete die über der Kühlerhaube flirrende Luft. Auch nur Licht, das reflektiert wurde. Sein Magen war zu einem harten Kloß geschrumpft, sein Rücken wirkte verkürzt. Nur mühsam konnte er die Finger vom Türgriff nehmen, wo sie sich festgekrallt hatten. Er ging in das Haus, stieg die Stufen zum ersten Stock hoch und bemerkte, dass seine Schritte nicht federten.

"Hör auf, damit konnte doch kein Mensch rechnen." Tom stand aufgebracht vor P.K. Norder, der neben Klaus Wegmanns Schreibtisch anklagend mit der Hand auf den Computertisch zeigte.

Beide bemerkten sie Martins Eintreten und drehten sich zu den Bildschirmen um.

Eine auffällige Veränderung hatte stattgefunden. Über die Bildschirme zuckten lange Kolonnen von Zeichen, der Drucker in der Ecke bemühte sich tickend und quietschend, das ihm aufgezwungene Tempo mitzuhalten.

"Er hätte sich frühestens in ein oder zwei Tagen melden sollen. Er kann noch gar nicht fertig sein." Tom setzte sich kopfschüttelnd vor den linken Bildschirm. Der massige Körper in hautenger Hose und blauem Glanzshirt wirkte deplatziert vor dem Bildschirm, nicht aber die schlanken Finger, die sicher und flink über die Kappen der Tastatur glitten. Der Körper war besser zum Radfahren geeignet und seine Hände zur Bedienung der Computertastatur. Martin fragte sich, wozu sich Toms Kopf besser eignete.

P.K. Norder riss eine lange Bahn Papier vom Drucker ab, faltete sie und verließ den Raum. Der weiße Anzug passte zu dem weißen Papier. Martin überlegte, welche Schuhe er heute getragen hatte, konnte sich aber nicht erinnern. Vermutlich waren sie auch weiß gewesen.

"Ist es nicht atemberaubend, mit welcher Geschwindigkeit unser Harry seine Aufgabe löst?" Die Hände über der Tastatur hielten einen Moment in ihrer Arbeit inne und warteten auf eine Antwort. Martin sah Zeilen mit bunten Zeichen über den schwarzen Bildschirm rucken, dann wieder ein sanftes Gleiten von Seiten voller verwischter Zeilen, die vor den Augen vorbeiflirrten. Zum Schluss blieb ein blinkendes Kästchen, von dem Martin wusste, dass es Cursor genannt wurde.

"Was macht er denn?" Martin fand es lustig, von einem Computer zu sprechen, als wäre er ein Mensch.

"Nun, wir haben ihm eine Aufgabe gestellt, die er lösen sollte. Nicht so etwas Einfaches wie: Wenn dies und das und nicht genau dieses, dann tue, das und nicht das. Nein, wir haben ihm eine Aufgabe gestellt und haben ihm keine Regeln genannt, wann er etwas entscheiden soll und wie er dann entscheiden soll. Harry weiß nur: Hier liegt das Problem, hier ist eine Entscheidung verlangt, und er darf nun selbst entscheiden, welche Informationen er zur Entscheidung heranzieht, welche er noch von uns anfordern muss, wie er den Zusammenhang zwischen den Informationen einordnen muss." Die Worte wurden von einem aufmunternden Nicken zu Harry hin begleitet, wenn einer der Computer unter dem Tisch wirklich Harry war.

"Und das tut er jetzt?" Martin versuchte, einen Unterton des Zweifelns zustande zu bringen, um das Gespräch in Gang zu halten. Er fand es merkwürdig, nicht gefragt zu werden, wer er war und was er hier tat.

"Das ist nicht irgendein Expertensystem, das sich mit den langweiligen, von Menschen aufgestellten Regeln herumplagt. Nein, Harry ist in der Lage, selbst zu entscheiden, was er für seine Problemlösung benötigt. Harry ist kein Expertensystem, Harry ist ein richtiger Experte. Er greift auf Datenbanken zurück, surft im Internet, sucht sich dort die Informationen, die er für wichtig hält, übernimmt sie in sein Arbeitsgedächtnis, ordnet sie dort zu einem semantischen Netz und beginnt mit der Entscheidungssuche." Der Zeigefinger der rechten Hand tippte auf eine Taste, und der Cursor raste auf die Bildschirmkante zu, verschwand und zog eine endlose Reihe von vorbeiflitzenden Zeichenfolgen nach sich. "Er arbeitet nicht wie ein Schachcomputer. Die können nur rechnen. Man teilt ihnen Bewertungskriterien mit, man sagt ihnen, wie sie Stellungen und Figuren zu bewerten haben, und dann rechnen sie aus, wie jede Figur in einer bestimmten Stellung zu bewerten ist. Sie rechnen einfach aus, welche Stellung und welche Konstellation zu jedem Zeitpunkt eine höhere Bewertung erhalten soll. Außerdem kennen sie natürlich die Schachregeln und die Verstöße gegen die Regeln. Derweil du noch über deinen nächsten Zug nachdenkst, rechnet der Schachcomputer schon aus, welche Züge du überhaupt machen kannst. Dann rechnet er aus, welcher dieser Züge der am besten bewertete ist, welcher Zug als gute Antwort auf deinen Zug gilt, und welchen du dann wohl machen wirst." Tom seufzte und schüttelte den Kopf. "Ein Schachcomputer ist nicht kreativ, er rechnet ungeheuer schnell, eine Vielzahl von erlaubten und möglichen Zügen, er errechnet die Bewertung der möglichen Spielstellungen, aber er kennt keine genialen Züge. Er beherrscht Strategien, er kennt Eröffnungszüge, meistens verfügt er über eine richtige Bibliothek solcher Zugmöglichkeiten, aber dann ist er darauf angewiesen, bestimmte Figuren zu bevorzugen, bestimmte Zugkombinationen den anderen vorzuziehen. Er rechnet still vor sich hin, und wenn es dir gelingt, ihm eine Falle zu stellen, dann tappt er auch hinein, und du gewinnst." Tom drehte sich zu Martin herum und grinste ihn an. Mit der Hand tippte er auf den Rand des Bildschirms. "Dies hier ist kein Schachcomputer. Wir haben nicht versucht, einen noch schnelleren Chip einzusetzen, der morgen schon wieder veraltet und zu langsam ist. Wir haben nicht versucht, die Hardware von übermorgen zu konzipieren und einzusetzen, nein, wir haben die duale Logik der Maschinen überwunden. Wir haben ein Programm entwickelt, das die Beschränkungen einer zweiwertigen Logik übersteigt." Mit großartiger Geste zeigte Tom durch den Raum. "Du befindest dich in den Hallen einer innovativen Software-Schmiede, du stehst an der Schwelle zu einem neuen Software-Standard. Was sage ich, du blickst hinein in die Zukunft der entscheidungsfähigen Expertensysteme, die die menschliche Geschichte neu schreiben werden. Hast du eine Zigarette für mich?"

Martin reichte Tom seinen Tabak. Während Tom mit geschickten Fingern sich eine Zigarette drehte, drehten sich seine Gedanken mit. Er hätte sie gern mit den Lippen befeuchtet, um sie geschmeidiger zu machen. "Was hältst du davon, einen Happen essen zu gehen? Wenn ich gleich hier fertig bin, schnappen wir uns Rodriguez und lassen uns von ihm ein herrliches Menü zusammenstellen. Er ist ein mieser Autofahrer, aber ein hervorragender Koch."

Martin nickte und versuchte ein Lächeln. Sein Magenklumpen lächelte nicht mit, sondern veränderte spürbar seine Lage. Ein merkwürdiges Gefühl überkam ihn. Das Gefühl, mittendrin zu sein, ohne die Mitte wahrnehmen zu können. Ein Experte müsste man sein, ein Experte, der die zweiwertige Logik überwunden hatte. Was immer das auch heißen mochte.

7

"Reich mir den Wein, mein Freund." Tom schwenkte sein leeres Glas, seine Serviette, mit einer Ecke in das Renntrikot gestopft, zog durch den Teller und hinterließ eine soßenfreie Spur. "Der Trend geht heute doch eindeutig zur Hardwareaufrüstung. Immer schneller und effektiver muss gebaut und entwickelt werden. Ein paar Millionen Mips, lachhaft. Transputer müssen her! Risc-Maschinen müssen entwickelt werden! Virtuelle Netzwerke und Parallelprozessoren sind angesagt! Alles muss in die Cloud!" Die Hand, die das dunkelrote Glas Wein hielt, beschrieb einen Kreis, zeigte von der Terrasse, auf der sie saßen, auf das Meer hinaus und schloss es mit ein. "Die Leistung und die Rechengeschwindigkeit der Systeme erreicht immer neue Bestmarken, die schon im nächsten Monat überholt sind. Demnächst werden wir optische Computer besitzen, die nicht mehr elektrisch und elektronisch arbeiten, sondern mit Lichtgeschwindigkeit ihre Bits und Bytes durch optische Speicher und Chips jagen." Tom nippte an seinem Glas. "Aber sie werden weiterhin nur rechnen, Daten verschieben und Speicher adressieren. Die Hardware wird zu immer neuen Höchstleistungen weiterentwickelt, aber die Software hinkt hinterher. Wir werden Steinzeitprogramme auf Rechnern der Starwars-Generation anwenden. Wahnsinn!"

Martin war nicht sicher, ob der letzte Ausruf Toms eigenen Überlegungen galt oder der Weincreme in den Gläsern, die Rodriguez auf einem Tablett heranreichte. Er zweifelte einen Moment, ob sein Magenvolumen für diese Nachspeise ausreichen würde, der köstliche Geruch, der den hohen Gläsern entstieg, verwischte jedoch seine Bedenken. "Was ist denn das Besondere an dem Programm, das ihr entwickelt?"

Tom schnaufte durch die Nase, und Rodriguez grinste. "Das Besondere an dem Programm ist, dass es kein Programm ist." Tom lehnte sich zurück und genoss die Nachwirkungen seines Satzes.

"Komm, Rodriguez, zeig, was du gelernt hast."

"Harry rechnet nicht. Er hat kein Programm, das ihm genau vorschreibt, was er wann tun soll. Harry denkt wie du und ich." Tom nickte erfreut und klatschte lautlos in die Hände. Martin schüttelte den Kopf.

"Er hat schon Recht. Harry ist in der Lage, selbst zu entscheiden, was er tun soll. Zurzeit probiert er noch herum, und er wird von uns belohnt oder bestraft, abhängig davon, ob wir mit seinen Ergebnissen zufrieden sind oder nicht. Daraus

lernt er wieder und orientiert sich neu. Du musst dir vorstellen, dass er, wie ein kleines Kind, versucht, sich in der Welt zurechtzufinden. Niemand erwartet von ihm konkrete Ergebnisse, wir erwarten nur vernünftige Überlegungen. Nehmen wir ein Beispiel: Harry wird über eine Grundkonstellation informiert. Er bekommt mitgeteilt, er sei zuständig für die Sicherheit eines Kernkraftwerkes. Er muss wissen, worin die besondere Bedeutung liegt, was für Gefahren auftauchen können, worin die Gefahr für wen besteht und so weiter. Dann sagen wir ihm noch, dass er selbst von der Stromversorgung des Kernkraftwerks abhängig ist. Er beginnt dann, zunächst wie ein normaler Schachcomputer, sämtliche denkbaren Störfälle zu untersuchen. Er fordert Informationen über die notwendigen Maßnahmen an, ordnet sie und rechnet weiter. Zwangsläufig wird er an einen Punkt kommen, der ihm eine Entscheidung aufzwingt zwischen Erhaltung der Technik, und damit Erhaltung von sich selbst, und dem Schutz von Menschen. Und jetzt wird es interessant."
Tom ordnete Aschenbecher, Gläser und Besteck auf dem Tisch, als wolle er ein Kernkraftwerk in die Tischlandschaft konstruieren. "Welche Informationen fordert er dann an, welche Schlüsse zieht er daraus?" Er wippte mit der Gabel, die daraufhin über den Tellerrand hüpfte und etwas braune Soße auf das Tischtuch kleckerte. "Jetzt fordert er auf einmal

neue Informationen an. Er will wissen, welcher Zusammenhang zwischen dem Störfall und den Menschen besteht. Er beginnt Konsequenzen aus unserem Verhalten zu untersuchen, bis hin zur Überlegung, ob das Kernkraftwerk zwingend notwendig ist. Das führt ihn dazu, neue Störfälle zu simulieren, nicht nur die, die wir vorgegeben haben und für denkbar hielten, sondern auch die, die wir nicht für möglich gehalten haben."

Tom grinste und entblößte seine Zähne, die an der Lippe zu nagen begannen. "Er gelangt dann an einen Punkt, der sich von unserer Ausgangssituation grundlegend unterscheidet: Er untersucht nicht mehr mögliche Störfälle und die erforderlichen Sicherheitsmaßnahmen, sondern beschäftigt sich obendrein mit den Konsequenzen, die sich aus der Existenz eines Kernkraftwerks ergeben."

"Erinnert ein wenig an den Zauberlehrling, den man nicht mehr loswird, wenn man ihn einmal gerufen hat."

"Ich sehe, du begreifst, wohin der Weg führt."

"Aber wie soll man sich das vorstellen? Du sagst, er denkt, er entscheidet."

Rodriguez lehnte sich in seinem Stuhl zurück, schaute auf das Meer hinaus und schien der Unterhaltung nicht mehr zu folgen.

"Hier setzte die geniale Idee des Klaus Wegmann an: Es reicht nicht aus, ein Programm immer nur zwischen wahr und falsch unterscheiden zu lassen. Es muss in der Lage sein, zwischen wahr und falsch, zwischen wahrscheinlich und möglich zu unterscheiden, es soll in der Lage sein, Probleme als nicht entscheidbar zu klassifizieren. Geschieht das, muss es so lange Informationen anfordern, bis eine Entscheidung getroffen werden kann. Mehr noch, es darf nicht mehr nur im herkömmlichen Sinne mit Daten rechnen, es muss den Sinn der Daten erfassen, es muss Assoziationen und kreative Gedankensprünge beherrschen."

"Und wie erreicht man das?"

"Auf die einfachste Art und Weise: Man versucht nicht, mithilfe eines Rechners die Gedanken eines Menschen zu simulieren, sondern lässt den Rechner selbst denken."

Martin schüttelte den Kopf. "Klingt nach Golem."

Er sah eine blau schimmernde Kuppel mit rotem Lichtauge und tiefer Stimme vor sich, die ernsthaft mit ihm zu diskutieren begann. "Und wie lernt ein Rechner nun das Denken? Ich nehme an, dass es immer noch ein Computer ist, der ein Programm benötigt."

Tom schmunzelte. "Wir haben auch einen Moment darüber nachgedacht, ein echtes, lebendes Menschengehirn zu integrieren. Rodriguez hätte sich als lohnend angeboten." Rodriguez schaute herüber und zog die Augenbrauen hoch. "Nein, im Ernst, das war unser größtes Problem: Wie kriegen wir ihn dazu, so zu denken wie ein Mensch."

Tom nippte an seinem Glas Wein und schüttelte den Kopf. "Zuerst hielten wir es alle für eine Schnapsidee. Im wahrsten Sinne für eine Idee, die man nur im besoffenen Kopf ausbrüten kann. Aber dann haben wir sie ernsthaft diskutiert. Corry und Klaus haben sie dann tatsächlich realisiert. Als entscheidender Fortschritt erwies sich der Gedanke, nicht ein Programmsystem zu schaffen und Gedanken zu simulieren, sondern Gedankenmuster auf ihn zu übertragen und ihn damit experimentieren zu lassen."

Toms anfangs belustigte und faszinierte Stimmung schien umzuschlagen. Er drehte sein Glas in der Hand und schaute durch die rote Flüssigkeit hindurch auf das Meer, als könne er dort etwas Besonderes entdecken. Martin blickte zu Rodriguez, der die Schultern hochgezogen hatte, als würde er plötzlich frieren. Beide schienen an etwas zu denken, eine Erinnerung, die beiden auf die Stimmung schlug, spülte hoch. "Wer ist denn Corry? Bisher wurde der Name noch nie erwähnt."

Niemand antwortete ihm. Er knüpfte an einem Netz, das ihm jetzt schnell wieder entzogen wurde.

"Was haltet ihr davon, wenn wir schwimmen gehen?" Rodriguez war aufgestanden und reckte sich.

"Eine ausgezeichnete Idee. Nach deinem üppigen Mahl können wir etwas Bewegung vertragen." Tom stellte mit Nachdruck sein Glas auf den Tisch und stand auf. Ein Spritzer

Wein benetzte die weiße Tischdecke und saugte sich zu einem roten Fleck in sie hinein.

Während sie eng gedrängt auf den Sitzen des Jeeps zum Strand schaukelten, verfolgte dieser rote Fleck auf dem weißen Tischtuch Martins Gedanken. Das kühle Wasser erfrischte ihn, die Bewegung bei den Schwimmzügen tat seinem geschundenen Rücken gut, aber die Gedanken wurden nicht frei.

"Hast du schon Anhaltspunkte für den Tod von Klaus gefunden?" Tom drehte sich zu ihm herum, sein Rücken war mit feinem Sand übersät und ähnelte einer lebenden Dünenlandschaft, unter deren Oberfläche Muskeln zuckten. Martin sah hinüber zu Rodriguez, dessen dunkle Augen ihn abwartend musterten. Er drehte sich wieder zu Tom herum, der die Frage gestellt hatte. "Wie meinst du das?"

"Komm, erzähl uns nichts. Du bist doch hergeschickt worden, um den Tod von Klaus Wegmann aufzuklären."

"Er war unser Freund." Rodriguez sagte es nachdenklich, als überlege er, welche Bedeutung das Wort Freund noch haben könnte. Martin sah von dem einen zum anderen und schüttelte den Kopf. "Ihr irrt euch, das ist nicht mein Auftrag."

War er das wirklich nicht?

Einen Moment lang schwiegen sie alle drei. Sie hörten das Plärren kleiner Kinder, das Geschrei und Getobe der Menschen im Wasser. Die Stimme eines Radiosprechers wehte zu ihnen herüber, mischte sich in die Strandgeräusche, und dann versuchte laute Rockmusik sie zu übertönen.

"Ich bin nicht hergeschickt worden und soll auch nicht den Tod von Klaus Wegmann untersuchen. Ich habe einen Auftrag erhalten, für den ich bezahlt werde, und der lautet: Finde die Arbeitsunterlagen von Klaus Wegmann."

Tom richtete sich auf. "Wer hat dich beauftragt, und wer zahlt dafür?" Auch Rodriguez schien mehr zu interessieren, wer ihn beauftragt hatte, als in Erfahrung zu bringen, wonach er suchte.

"Nun, der Scheck wurde von P.K. Norder unterschrieben. Ich nehme darum an, dass er mich auch bezahlt." Martin überlegte, was daran so wichtig sein konnte, herauszufinden, wer genau ihn beauftragt hatte.

"Das ist ja ein Ding." Tom und Rodriguez warfen sich Blicke zu, die Martin nicht deuten konnte.

Rodriguez schüttelte den Kopf. "Er hat gedacht, du wurdest von der Zentrale geschickt."

"Und wenn das so wäre, was hätte das geändert?"

"Wir hätten dich ertränkt und heimlich im Colosseum verscharrt." Tom lachte hart, und Martin war sich nicht sicher, ob das wirklich ein Scherz gewesen war.

"Wer bitte ist die Zentrale?" Er versuchte nachzuhaken.

Tom schüttelte den Kopf. "Wenn du von der Zentrale bist, dann weißt du es selbst. Wenn du nicht von der Zentrale bist, dann sollte ich erst recht vorsichtig sein."

"Das klingt aber geheimnisvoll und gefährlich."

"Vielleicht ist es das, vielleicht bilde ich mir das auch nur ein. Was meinst du?" Die Frage war an Rodriguez gerichtet, der den Kopf schüttelte.

"Ich glaube, wir sollten ihm sagen, was du vermutest."

Tom drehte sich auf den Rücken, verschränkte die Arme im Nacken und schaute auf das Meer. "Na gut, du kennst ihn besser."

Martin fühlte sich wie ein Ball hin und her geworfen. Rodriguez zog die Beine, im Schneidersitz verschränkt, näher an sich heran, wackelte mit dem Oberkörper, als müsse er prüfen, ob er in dieser Position umfallen könne, und zeichnete mit der flachen Hand Kringel in den Sand. "Klaus mag ein wenig chaotisch gewesen sein. Vielleicht, nein, sicher hat er oft zu viel getrunken. Er hat sich auch für Dinge interessiert, die ihm nicht immer bekommen sind. Aber eins ist sicher: Er ist an dem Montag nicht im Museum gestorben, er war nicht schlimm herzkrank und ist ganz bestimmt nicht an Herzversagen gestorben."

Tom klopfte mit der Hand auf den Sand, der dumpf nachklang. "Du kannst ihm glauben, er versteht etwas davon, unser spanischer Äskulap."

"Ich habe Klaus öfter untersucht. Er hatte Schwierigkeiten mit seinem Magen und der Verdauung. Er rauchte zu viel, er trank zu viel, er aß zu unregelmäßig, er übertrieb gern. Aber er war nicht richtig krank."

Tom stoppte seine Sandtrommel abrupt. "Erzähl ihm von Corry."

"Vor einem halben Jahr ist Corry gestorben, an Herzversagen, im Institut." Rodriguez machte eine Pause und zündete sich eine Zigarette an, die er aus der Hemdtasche gefischt hatte. Sie war zerknüllt, als wäre sie schon oft hervorgeholt und dann wieder ungeraucht zurückgesteckt worden. Martin war verblüfft, denn bisher hatte er Rodriguez nicht rauchen sehen. Selbst am Abend vorher hatte er allein geraucht.

"Sie war mit Klaus eng befreundet gewesen. Sie haben sich von früher gekannt und eigentlich alles gemeinsam geplant und diskutiert. Wir fanden sie morgens über ihrem Schreibtisch zusammengesunken, als wäre sie nur eingeschlafen. Klaus und sie haben oft die ganze Nacht über gearbeitet. Aber sie war nicht eingeschlafen." Rodriguez machte eine Pause, und Martin überlegte, ob er den doppelten Sinn bemerkt hatte. "Corry und Klaus haben das System erfunden und entwickelt. Sie sind die eigentlichen Urheber. Wir anderen sind oder waren nur Mitarbeiter." Tom übernahm es nun, weiterzuerzählen. "Corry war Medizinerin und Biologin, sie hat die Übertragungseinheit und das Prinzip der Mustererkennung entwickelt. Klaus war der KI-Experte, der die Realisierung der Systemanforderungen entwarf. Ich habe eigentlich nur das gebaut, was mir Corry und Klaus als Vorgaben hinlegten. Sie haben bis ins letzte Detail beschrieben, was konzipiert werden musste und warum es funktionieren würde."

Tom kratzte sich am Knie. "Sie haben beide auch den ersten Selbstversuch gemacht, allein. Sie wollten nicht, dass jemand dabei zusah, es hätte ja auch schiefgehen können. Aber das tat es nicht. Und so wurde Harry von Versuch zu Versuch intelligenter. Sicher, es gab auch Rückschläge und Fehlversuche, aber die generelle Linie stimmte immer. Der Erfolg gab ihnen Recht, und wir anderen wurden nach und nach angesteckt. Bis dann die Sache mit Corry passierte."

Tom setzte sich aufrecht hin und schaute Martin an. Von seinen Schultern rieselte Sand. "Nach ihrem Tod haben wir weitergearbeitet, aber es wurde nie mehr so wie vorher. Klaus wirkte unkonzentriert, er erging sich immer öfter in dubiosen Anschuldigungen. Mit dir hat er doch darüber geredet?"

Rodriguez nickte. "Er sprach davon, dass Sie Corry getötet hätten, dass es so nicht weitergehen könnte. Er wollte mit Norder darüber reden. Aber ich glaube, er hat das nie gemacht. Immer öfter traf ich ihn bei den Ruinen, auch nachts. Er saß im Colosseum, betrank sich und redete von den Alten, wie er sie nannte. Er redete merkwürdige Dinge, und ich verstand nicht immer, was er meinte, weil er so betrunken war. Ich achtete auch nicht darauf, dachte, das sei seine Art, mit dem Kummer fertig zu werden. Bis er dann plötzlich selbst tot war."

Tom griff nach Rodriguez' Zigarette und nahm einen tiefen Zug. "Klingt doch merkwürdig, nicht wahr?" Er reichte die Zigarette zurück und spuckte in den Sand. "Die Arbeit geht gut voran, zeigt erste Erfolge, bis dann der Durchbruch gelingt: Harry bekommt seine erste Aufgabe gestellt, ich habe dir davon erzählt, das Kernkraftwerkmodell, und er löst sie mit Bravour. Er löst sie so gut, dass wir bis heute noch nicht sicher sind, welche Auswirkungen das haben könnte. Dann sterben die wichtigsten Mitarbeiter plötzlich an mysteriösem Herzversagen, andere gehen auf wichtige Vortragsreisen oder verschwinden einfach, und du tauchst auf. Da kommt man doch ins Grübeln, oder?"

Martin nickte. Aus dem Tod eines Menschen, den er nicht untersuchen sollte, waren plötzlich zwei Tode geworden, die er nicht untersuchen sollte. Er hatte nicht die Mitte gefunden, sondern war in die Mitte gestellt worden. Er knüpfte nicht an seinem gewohnten Netz von Zusammenhängen, sondern musste sich von dem Netz befreien, das man ihm übergeworfen hatte.

8

Der Tag hatte seine Spuren hinterlassen. Spuren auf geröteter Haut, Spuren auf der mitgenommenen Magenschleimhaut, Spuren in den verwirrten Nervenzellen des Gehirns. Spuren sind immer ein Indiz für einen Verursacher, sind immer ein Hinweis auf einen gangbaren Weg, bleiben aber auch Fragmente. Spuren sind etwas Gebrochenes, Durchbrochenes, Abgetrenntes. Spuren lassen immer Fragen offen und führen doch auf einen Weg, der begangen werden kann, ohne sich des Weges sicher zu sein. Spuren bleiben dunkel wie die Nacht. Martin hätte gern auf das Meer hinausgeschaut, aber die Dunkelheit verwehrte ihm diesen Ausblick.
Corry van Holst, gestorben.
Klaus Wegmann, gestorben.
Julian Oskar, verreist.
Therese Mansfeld, auf Vortragsreise.
P.K. Norder, anwesend, aber undurchsichtig.
Thomas Verhey, anwesend, aber nicht einzuordnen.
Rodriguez, anwesend, aber ...

Der Zusammenhang zwischen den Toten und den Lebenden, ein Geflecht von vordergründigen Fakten, die in krassem Gegensatz zu den geäußerten Verdächtigungen standen. Es hatte ihn einige Mühe gekostet, die beiden davon zu überzeugen, dass er wirklich nur verschwundene Unterlagen wiederauffinden sollte. Gleichzeitig war ihm bewusst geworden, dass dieser Auftrag nur zu erledigen war, wenn er sich mit den Todesfällen beschäftigte. Toms nebulöse Andeutungen über die Zentrale hatten ihn obendrein neugierig gemacht. Er war nicht bereit gewesen, konkret auf Martins Fragen zu antworten, hatte dafür aber einen Einblick geboten, der faszinierend und überzeugend klang.

"Denk dir ein großes Unternehmen, das in sehr unterschiedlichen Industriezweigen Tochterfirmen unterhält und über Kooperationsverträge mit einem sehr weiten Spektrum technischer Forschung und Anwendung verknüpft ist. Sagen wir der Einfachheit wegen, es sei von Hause aus ein großer Automobilkonzern, der nach und nach Anteile von Firmen erwirbt, sich bemüht, den Engpässen einer technischen Monokultur zu entrinnen. Für die Steuerung und Überprüfung der eigenen Interessen besitzt dieses Unternehmen eine Abteilung für Logistik, deren wichtigste Aufgabe in der Koordination der unterschiedlichen Forschungsergebnisse und der sich daraus ergebenden Anwendungsmöglichkeiten besteht. Die Logistik verwaltet das Wissen des gesamten Konzerns, sie ist verantwortlich für die marktgerechte Ausschlachtung dieses Wissens."

Soweit hatte Martin folgen können, ohne Toms Vortrag für unrealistisch halten zu müssen. "Diese Abteilung für Logistik wird naturgemäß von Leuten geführt, die keine Fachidioten sind. Ihre besonderen Fähigkeiten liegen gerade in dem fachübergreifenden Verständnis der Ergebnisse einzelner Abteilungen des Großkonzerns. Klingt einleuchtend, nicht wahr? Sie steuern gewissermaßen das Know-how, leiten es in die gewünschten Bahnen, bereiten die Innovationswege und Erneuerungsprozesse vor. Eben eine Abteilung für Logistik: Ein Problem im Autosektor wird mit dem Wissen aus dem Flugzeugbau gelöst, ein scheinbar unüberwindbares im Flugzeugbau durch die Anwendung des Computerwissens beseitigt.

So weit, so gut. An einem ganz bestimmten Punkt dieser Entwicklung beginnt sich diese Abteilung von Universalgenies zu verselbstständigen. Stell dir vor: Sie verfügen über den Zugang zu allen nur denkbaren Forschungsprojekten, bis hin zur technischen Verwertung und Anwendung in einer Großserie. Ein fast unvorstellbares Wissenspotenzial."

Tom hatte einen Moment geschwiegen, als überlegte er, ob seine Darstellung den Tatsachen entsprach.

"Nun stell dir vor, dass einige Leute dieser Abteilung ihr eigenes Süppchen zu kochen beginnen oder dass sie beginnen, mit ihren Informationen zu handeln, oder stell dir vor, dass den Konzernoberen Zweifel an der Überprüfbarkeit dieser Abteilung kommen. Die Kontrolle der Logistik wird zum Problem. Und das zu einem Zeitpunkt, da in dem Konzern durch seinen Einstieg in die Rüstungsindustrie neurotische Zwangsvorstellungen entstehen."

Tom hatte sich auf die Seite gewälzt und gegrinst. "Wie gesagt, das ist nur ein Beispiel, wie es gewesen sein könnte. Man kann sich halt vorstellen, dass es sich so oder ähnlich verhält."

"Und was hat das mit eurem Institut zu tun", hatte Martin ihn gefragt.

"Sehr einfach: Der Chef der Abteilung für Logistik, ein konzernloyaler Mensch, hat eine großartige Idee, die er mit seinem engsten Mitarbeiter sofort in die Tat umsetzt. Er zieht aus den Forschungsabteilungen die geeignet erscheinenden Mitarbeiter ab, setzt sie weit ab vom Schuss mit entsprechenden Mitteln an die Arbeit. Und es ist sicher kein Zufall, dass alle Mitarbeiter dieses Projekts vorher in Schwierigkeiten geraten waren. So der Programmierer, der unangenehm aufgefallen war, weil er einen Virus programmiert und in Umlauf gebracht hatte. Oder der KI-Experte, dessen sporadischer Hang zum Alkohol bekannt geworden war. Denken wir auch an die hervorragende Linguistin, deren inniges Verhältnis zu den männlichen Mitarbeitern zu gewissen Schwierigkeiten geführt hatte. Da finden wir auch die Medizinerin wieder, die im Umgang mit gewissen Drogen in den Verdacht geraten war, oft zuerst an sich selbst zu denken. Und nicht zuletzt finden wir den Logistikmitarbeiter, der sich im kaufmännischen Umgang mit gewissen Informationen ein wenig die Finger verbrannt hatte."

Tom hatte in Martins ungläubiges Gesicht gelacht und den Kopf geschüttelt. "Klingt wie aus einem schlechten Roman, nicht wahr? Nun, die Spezialisten machen sich also an die Arbeit, und was passiert? Sie schaffen mehr, als eigentlich erwartet wurde. Vielleicht lag es an den außerordentlich guten Voraussetzungen, an der Möglichkeit, jede nur denkbare Information aufzufinden und anzufordern. Vielleicht auch nur an der zufällig guten Zusammensetzung des Teams. Auf jeden Fall gelingt ein gewaltiger Durchbruch. Und damit kommen wir zu einem neuen Problem: Der gute Initiator des Projekts hatte recht eigenwillig und auch eigenständig dieses Projekt ins Leben gerufen, in der Hoffnung, das System später selbst anwenden zu können und sich bei der Konzernmutter beliebt zu machen. Jetzt aber hält er eine heiße Kartoffel in den Händen und weiß nicht, wohin damit. Besonders dramatisch wird das Ganze dadurch, dass einige der nicht gerade angepassten Projektmitarbeiter sehr wohl die Auswirkungen des Projekts überblicken und das auch laut äußern. Möglicherweise zu laut oder an der falschen Stelle. Was kann er in einer solchen Situation tun? Das Projekt und seine Mitarbeiter still und heimlich unter den Tisch kehren? Es ganz schnell in einen anderen Verantwortungsbereich verschieben und sich die Hände in Unschuld waschen? Oder soll er unbemerkt von den anderen weiter forschen lassen, in der Hoffnung, selbst davon zu profitieren?

Man sieht, die Entscheidung kann nicht leicht fallen: auf der einen Seite die Möglichkeit, sich Ruhm, Achtung und Profit zu verschaffen, auf der anderen Seite aber auch das unkalkulierbare Risiko eines gewaltigen Reinfalls, wenn die Ergebnisse Anwendungen erlauben, die die Kompetenz der Logistik weit überschreiten." Tom hatte gegrinst und sich wieder auf den Rücken gelegt. "Wie gesagt, das sind nur Überlegungen, wie es hätte sein können oder wie es möglicherweise gewesen ist."

Martin hatte am Strand gelegen und darüber meditiert, was wahrscheinlich, was denkbar und was möglich war. Tom machte nicht den Eindruck, als sei er neurotisch und leide an Verfolgungswahn. Der natürliche Tod der beiden Mitarbeiter bekam vor dem Hintergrund von Toms Erläuterungen eine andere Dimension. Die Vermutung, er sei von der Konzernmutter beauftragt, die Todesfälle zu untersuchen, klang in diesem Zusammenhang einleuchtend, selbst, wenn man davon ausging, dass zurzeit nur Wenige wussten, was hier wirklich vorging. Martin stellte nüchtern fest: Er gehörte noch nicht zu denen, die wussten, was hier vorging. Unzweifelhaft war nur, dass er bisher einen leichten Sonnenbrand davongetragen hatte, dass sein Magen der bisherigen Belastung nicht ganz gewachsen war und dass seine Gedankengänge sich in einem Kreis bewegten, zu dessen Mittelpunkt er noch nicht vordringen konnte. Martin Silber als Satellit auf eine Umlaufbahn hochgeschossen, nicht voll funktionsfähig, aber in der Lage, sich selbst zu reparieren.

Saß vielleicht jemand in der Kommunikationszentrale und schaute seinen Bemühungen mit Interesse zu?

Er wurde das Gefühl nicht los, weniger deshalb eingesetzt worden zu sein, um Licht in das Dunkel zu bringen, sondern um den Zusammenhang vollends zu verwirren. Ein interessanter Gedanke, wenn auch nicht sehr schmeichelhaft. Wenn P.K. Norder der ehemalige Logistikmann war, der als Verbindungsmann zur Zentrale fungierte, bestand dann sein Interesse wirklich darin, Unterlagen aufzufinden, und wenn ja, war sein Interesse an den Unterlagen ein persönliches Interesse? Oder diente Norder nur als Strohmann der Zentrale, die so den Ermittler nach ihren Bedingungen einsetzen und steuern konnte? Man konnte die heiße Kartoffel abkühlen, aber auch verschwinden lassen. Und das gelang am sichersten, wenn man sie in einem Kartoffelsalat versteckte. Dort kühlte sie ab und verschwand gleichzeitig unter den anderen Zutaten. Was blieb, war ein harmloses Gericht.

Wenn jemand auf den Gedanken kommt, ein computergestütztes System zur Überwachung und Kontrolle des Firmen-Know-hows zu entwickeln, worin liegt dann die Gefahr, wenn dieses System verwirklicht werden kann? Martin schüttelte den Kopf und trank in vorsichtigen Schlucken von der Milch, die seine Magennerven beruhigen sollte. Was nicht einfach war, da sein Zigarettenkonsum dem entgegenwirkte. Zuerst einmal musste er herausfinden, worin genau die speziellen Fähigkeiten von Harry bestanden. Es galt festzustellen, was das System konnte und welche denkbaren Anwendungen sich damit verbanden. Dabei konnte ihm Tom helfen, dem er als Gegenleistung versprochen hatte, die näheren Umstände des Todes seiner Freunde zu untersuchen. Gleichzeitig galt es, weiter die Unterlagen zu suchen, wozu es notwendig war, sich in die Gedankenwelt des Klaus Wegmann einzuarbeiten. Hier waren dessen Aufzeichnungen und die Hilfe von Rodriguez notwendig und aufschlussreich. Naheliegend war natürlich, P.K. Norder in die Enge zu treiben und ihm sein Wissen zu entlocken, möglicherweise mit dem Hinweis, dass sich erste Anhaltspunkte für das Verschwinden der Unterlagen gezeigt hätten. Martin trudelte auf seiner Umlaufbahn und fand noch nicht den rechten Ausgangspunkt, um zur Mitte durchzustarten.

9

„Wir sind an diesem Abend eigentlich ohne besonderen Grund zusammengekommen. Wahrscheinlich hatte jeder nur das Bedürfnis, mit den anderen zu reden. Mir geht es oft so, dass ich nach einem langen Tag in meinem Büro, von der Welt isoliert, wenn die Stunden von dem Bildschirm aufgesogen wurden, mit den anderen sprechen möchte.
Tom saß vor einem Bildschirm und sah der Entstehung eines Apfelmännchens zu. Er hat eine Vorliebe für Raytracing und Computergrafiken. Manchmal behauptet er sogar, in den abstrakten Bildern könne er den wahren Gang der Welt entdecken, reduziert auf allgemeine und tief liegende Strukturen, die sich in der Realität den Augen entziehen. Mir gefallen seine Bilder, aber ich entdecke keine grundlegenden Wahrheiten in ihnen. Vielleicht deshalb nicht, weil ich auch in der Realität keine grundlegenden Wahrheiten entdecke. Corry behauptet, dass ich nur in der Lage bin, grundlegende Möglichkeiten zu entdecken. Was ich nicht für ein Manko halte.
Corry saß am Fenster und rauchte eine ihrer scheußlichen spanischen Zigaretten, deren Geruch gleichzeitig an

Scheune, druckfrische Zeitung und Abfallverwertung erinnert. Sie sah geschafft aus, und ich brauchte sie nicht nach Erfolgen zu fragen. Selbst Terry, sonst ein frisches Abbild der Make-up-Werbung, konnte ihren wahren Zustand nicht mehr verbergen.

Es war Tom, der die Unterhaltung auf sein Apfelmännchenbild brachte, dessen Entstehung ihn, wie so oft, faszinierte. Er hielt einen Monolog über lineare Systeme, sprach von Chaos und der Beschränkung der wissenschaftlichen Modelle auf eben diese linearen Vorstellungen, und wir anderen hörten erschöpft zu. Ich glaube, dass wir ihm eigentlich nicht zuhörten, sondern seine Worte nur als Hintergrundmusik zu seiner sich aufbauenden Grafik benutzten.

Je länger er sprach, desto mathematischer wurde sein Vortrag und desto weniger folgten wir anderen ihm. Ich mag mich täuschen, aber seine Worte waren nur ein Rauschen, eine willkommene Abwechslung zum monotonen Klicken der Tastaturen und dem nervenden Quietschen der Drucker.

Aber irgendetwas von seinen Gedanken muss sich in den Gehirnen der anderen festgesetzt haben. Die ausgelaugten und ausgepressten Gedankenmuster, oft gedreht und verändert, immer wieder neu geordnet und schematisiert, haben diese Informationströpfchen eingelagert und aufgesogen.

Ich gestehe, dass mir dieser Gedanke nicht mehr aus dem Kopf wollte: Die Beschränkung auf lineare, also vorhersagbare und berechenbare Modelle entfernte uns tatsächlich von der real existierenden Welt. Ab dem Punkt, an dem unsere Paradigmen zu versagen begannen, hörte auch die Wissenschaft auf. Die berechenbare, wahrscheinlichkeitsorientierte und zuverlässige Wissenschaft.

Aber das Chaos gehört zu unserer Welt. Es ist eine Unordnung, die wir nur so nennen, weil wir ihre Regeln noch nicht verstehen.

Später am Abend, wir hatten uns entschlossen, zusammen essen zu gehen, sorgte unser Alkoholkonsum für die Initialzündung.

Corry behauptet ernsthaft, dass Schnapsideen selten einen realistischen Erfolg versprechen. Und das, obwohl sie immer noch dem castanedaschen Traum von der Erfahrung einer anderen Wirklichkeit hinterherläuft.

Terry hat sich an diesem Abend ausnahmsweise weniger um die eleganten Kellner bemüht, wahrscheinlich war sie wirklich erschöpft. Vielmehr hielt sie ihren Lieblingsmonolog über die unendliche Benutzung von endlichen Regeln. Sie ist immer noch fasziniert von dem Gedanken, dass wir Regeln gehorchen, die wir noch nicht kennen. Was sie schon ein wenig sympathischer macht.

Corry kam natürlich wieder mit ihrem häretischen Einwurf, dies sei eben der Unterschied zwischen Kennen und Können. Worauf wir alle herumalberten und Beispiele für die Funktionslosigkeit der Welt anbrachten.

Je lustiger und betrunkener wir wurden, je mehr wir uns von linearen Gedankengängen entfernten, desto sicherer wurde ich, dass etwas ganz Besonderes geschah. Ich beteiligte mich an dem Unsinn und saß doch einen Tisch weiter entfernt, in der Rolle des unbeteiligten Beobachters, der herauszufinden sucht, nach welchen Regeln dieses Spiel eigentlich abläuft."

Martin saß auf dem Balkon, die Aufzeichnungen von Klaus Wegmann auf den Knien, und versuchte, sich das gemeinsame Abendessen auszumalen: Ein angenehm kühler Luftzug, der den Tagesschweiß trocknet und salzige Haut streichelt, ein schwerer Rotwein, der pelzig die trockenen Kehlen einschmeichelt, volle Mägen, die Körper und Geist in eine kreative Trägheit entlassen. Ein albernes Gespräch sonst ernsthafter Leute, das nie den Boden unter den Füßen verliert, mag es auch noch so abstrus erscheinen.

„Ich betrachtete Terry, wie sie, von ihren eigenen Gedanken fasziniert, immer wieder zu ihrem Lieblingsthema zurückfand, und ich muss gestehen, abgespannt und erschöpft, ihrer künstlichen Frische aus Tuben und Töpfchen beraubt, erschien sie mir auf einmal attraktiv. Ich ertappte mich dabei, Corry einen Blick zuzuwerfen, die mich tatsächlich musterte

und grinsend den Kopf schüttelte, als wolle sie sagen: Lass es, du hast bei ihr keine Chance. Was sicherlich auch richtig war, denn Terry bezog Tom immer weiter in ihren Monolog mit ein. Den muskulösen Tom, der nicht zu bemerken schien, dass er geschickt umgarnt wurde. Wahrscheinlich hatte er das von Rodriguez abgeschaut. Diese naive Unnahbarkeit, von der man wirklich so überzeugt ist, dass man nicht mehr überlegt, ob sie gespielt oder echt ist.

Corry hatte sich mittlerweile eine ihrer selbst gedrehten Zigaretten angezündet, von denen nur sie selbst wusste, wie viel Tabak sie wirklich enthielten. Ich musste an unser erstes Zusammentreffen in Amerika denken und verlor mich in den alten Träumen der Flowerzeit.

Eine schöne und aufregende Zeit, die Welt stand uns offen und wollte von uns verändert werden. Sie bot Alternativen, die wir nur ergreifen und erproben mussten, aber wir haben uns zugekifft und die Chancen vertan. Vielleicht jedoch haben wir sie auch nie gehabt, sondern nur von ihnen geträumt. Ich erinnerte mich an die junge Corry, wie sie auf dem Felsen vor dem Abhang stand, wirklich davon überzeugt, sich jeden Moment auf der anderen Seite der Schlucht neu zu materialisieren, gleichsam mit Flügeln sich hinüberzuschwingen. Ich erinnerte mich auch daran, dass ich im Gras gelegen habe und selbst nicht sicher war, ob es geschehen könnte.

Wir hatten experimentiert und nichts Neues gefunden, so wie wir heute auch nach Neuem suchten und nichts fanden.

Wir waren älter geworden, ohne den Schutz vor den eigenen Torheiten zu erlangen, der uns zu anerkannten Mitgliedern des Establishments gemacht hätte.

Anerkannte Spezialisten zwar, aber mit jenem Schuss Chaos im Blut, der es den anderen schwer machte, uns so zu akzeptieren, wie wir waren.

Während ich Corry betrachtete, deren Augen sich verengten, als blicke sie nur noch in sich hinein, als nehme sie keinen Anteil an unserem Gespräch, kam mir der Gedanke, dass Harry genau das fehlen mochte.

Er verfügte zwar über Regeln und lineare Gleichungen, aber er hatte nicht jenen Schuss Chaos in seinen Leiterbahnen, der ihm ermöglicht hätte, kreativ zu sein.

Er konnte nicht träumen und spekulieren, nicht assoziieren und keinen verrückten Albernheiten nachgehen.

Was ihm fehlte, war jener Schuss Chaos, der jeden Menschen so unberechenbar, aber auch einzigartig macht."

Martin Silber, auf dem Balkon mit Blick auf das Meer, dachte an einen kiffenden Computer, der sich in wirren Andeutungen über die wahre Wirklichkeit erging. Er sah die Spezialisten vor den Bildschirmen, die verzweifelt versuchten, Sinn in die neuen Zusammenhänge zu konstruieren, ohne zu begreifen, dass dieser Sinn nur von dem verstanden werden konnte, der gelernt hatte, auch anders zu denken. Er blätterte weiter in dem Heft, überschlug wahllos einige Seiten und gelangte zu einer Seite, deren obere Ecke eingeknickt war, als hätte Klaus Wegmann diese Stelle schnell wiederfinden wollen.

„Corry geht wieder auf ihren Trip.

Ich hätte mir denken können, nein, müssen, dass sie unter Stress, so wie er in der Situation hier entsteht, wieder anfängt.

Rodriguez hat mir gesagt, dass er Corry oft beobachtet hat, wie sie durch ein verborgenes Loch im Zaun nachts auf das Gelände der Ausgrabungsstätte verschwand.

Dort habe ich sie auch gefunden.

Sie saß mitten im Colosseum auf dem Rasen, rauchte ihre widerliche Zigarette, schaukelte mit dem Oberkörper hin und her und summte diesen monotonen Singsang, den ich seit Jahren nicht mehr von ihr gehört hatte.

Mich nahm sie offensichtlich nicht wahr.

Selbst, als ich mich neben ihr auf dem Rasen niederließ, schaute sie mich nur an, bewegte den Kopf hin und her und summte leise weiter. Ich hätte in dem Moment viel dafür gegeben zu hören, was sie gerade hörte, zu sehen, was sie sah, zu fühlen, was sie fühlte.

Sie hat mit Rodriguez einmal darüber gesprochen, ob es an bestimmten Orten möglich ist, den Atem der Zeit zu spüren, sich auf den Weg durch die Zeit zu machen. Rodriguez spricht nur ungern darüber, und nur dann, wenn wir beide ziemlich betrunken sind, aber leider behalte ich sehr wenig davon in Erinnerung. Was diese Dinge betrifft, ist er sehr zurückhaltend. Ich habe ihn in Verdacht, dass er mehr davon versteht, als er zugeben will.

Die Art und Weise, wie er nachher Corry helfen konnte, als ich sie nach dem totalen Zusammenbruch wieder ins Institut schleppte, spricht dafür.

Rodriguez ist mehr als nur ein gebildeter Äskulap. Über welche verborgenen Talente er wohl noch verfügt?

Dies wird wohl nicht ihr einziger Zusammenbruch gewesen sein, und ich frage mich, wie oft Rodriguez sie wohl wieder in die Gegenwart zurückgeholt hat. In der Nacht, durch den Zaun, die schwere Corry auf den Armen, über den Rasen zum Institut, die Treppe hinauf bis in ihr Arbeitszimmer auf das Sofa. Er muss ihr dann immer von dem selbstgebrauten Trank gegeben haben, der ihr half, sich bis zum nächsten Morgen zu erholen. Der immer geholfen hat, bis auf das eine Mal, bei dem wohl jede Hilfe zu spät kam."

Martin blätterte die Seite um und zündete sich eine Zigarette an, die nicht versetzt war und nur Tabak enthielt. Offenbar hatte Rodriguez ihm gegenüber einige wesentliche Details von Corrys Geschichte ausgelassen. Auch gegenüber Tom hatte er nicht alles erwähnt, was er wusste. Mochte das aus

Freundschaft zu Corry und Klaus geschehen sein, oder nur deshalb, weil es Dinge gab, über die er nicht sprach?

„Wesentlich später ist mir erst der Gedanke gekommen, was Corry mit der Übertragung ihrer Gedankenmuster eigentlich beabsichtigt hat. Ich frage mich heute, was wir damit getan haben, dass wir es so und nicht anders getan haben. Aber diese Frage wird sich nicht mehr schlüssig beantworten lassen. Vor ihren ersten Selbstversuchen und nach meinen eigenen Versuchen ist mir nie der Gedanke gekommen, sie könne immer noch auf der Suche nach einer anderen Wirklichkeit gewesen sein könnte. Heute denke ich anders darüber.

Vielleicht gelingt es mir einmal in einer guten Stunde, mich mit Rodriguez darüber zu unterhalten. Obwohl das schwierig werden wird. Denn seit damals ist unser Verhältnis nie mehr so geworden wie vorher.

Ich frage mich manchmal, wer von uns beiden sich die größeren und berechtigteren Vorwürfe macht.

Aber was soll's?"

Martin klappte das Heft zu und schaute auf den Swimmingpool, dessen Wasseroberfläche vom Wind gekräuselt wurde und das Licht der Straßenlaterne zu einem reflektierenden Muster verzerrte. Er erinnerte sich an seine Gedanken, als er Rodriguez im Amphitheater getroffen hatte: Er hatte sich in der Mitte befunden und das auch gespürt. In der Mitte einer

Geschichte, die er damals noch nicht gekannt hatte, geschweige denn die Personen, die sie betraf. Es schien eine lange und eigenständige Geschichte zu sein, die aus dem Amerika der siebziger Jahre hinüberreichte in diese Zeit und die bestimmt war von der Suche nach einer anderen Wirklichkeit. Eine Geschichte, die ebenso eng verknüpft war mit den Personen, die hier wichtig waren, wie mit den Ereignissen, die er von seiner Umlaufbahn aus noch nicht wahrnehmen konnte. Martin spürte, dass sich die Geschwindigkeit auf seiner Umlaufbahn erhöht hatte und es nur noch eine Frage der Zeit war, bis er sie gezwungenermaßen verlassen würde.

Aber in welche Richtung?

10

Tom saß vor dem Bildschirm und tippte konzentriert endlose Zahlen und Buchstabenkolonnen auf der Tastatur. Sein kurzer Haarzopf wippte energisch mit, wenn die rechte Hand die Papierseiten umblätterte, aus denen er langsam und scheinbar umständlich das auswählte, was er eintippen musste.
Martin hatte morgens überlegt, wo er seine Suche nach den Zusammenhängen weiterführen sollte, hatte sich nicht entscheiden können, ob es schon sichtbare oder nur vermutbare Verknüpfungen von Mustern gab. Er dachte daran, mit Rodriguez über Corrys Krankheitssymptome zu sprechen, verwarf dann gleichfalls den Gedanken, aus Norder mehr herausbekommen zu wollen, als er bis jetzt wusste, blickte sehnsüchtig auf die Menschen am Strand, die ein bizarres Muster von Strandleben ausfüllten, und landete letztlich im Institut, wo er Tom antraf. Der Rad fahrende Tom, heute nicht mit Trikot und Rennhose bekleidet, nach einem starken Rasierwasser duftend, arbeitete konzentriert und war dennoch erfreut, sich mit Martin unterhalten zu können.
Martin schwirrten noch jetzt unzählige Begriffe durch den Kopf, Beschreibungen von Computersystemen, die dem

Aufbau des menschlichen Gehirns nachempfunden waren, komplizierte und kaum vorstellbare Abläufe und Bedingungen von Computerprogrammen, die menschliche Assoziationsketten simulierten. Eine Zeit lang hatte er noch versucht, den Wust an Informationen zu ordnen, getrennt nach Hardware und Software, aufgeteilt in schon realisierte Projekte, deren Auswirkungen er nachvollziehen konnte, und in zukünftige Anwendungen, deren Sinn und Zweck sich seinem Verständnis entzogen. Fasziniert hatten ihn Toms Erklärungen zu Virenprogrammen.

Eine eigenartige Idee, dass sich ein Computer infizieren konnte, dass er krank werden und weitere Computer anstecken konnte, wenn er mit ihnen kommunizierte. Nicht nur, dass Computer Namen bekamen, angeredet und in vertrauliche Monologe verwickelt wurden, ihr Menschwerdungsprozess war schon so weit fortgeschritten, dass sie ernsthaft erkrankten, behandelt werden mussten oder gar dem Wahnsinn anheimfielen.

"Ein Virus ist ein Computerprogramm, das sich selbst reproduziert. Zunächst hat es keine andere Aufgabe, als sich unter bestimmten Anfangsbedingungen zu vervielfältigen und auszubreiten. Wenn ein Virus erst einmal in ein Computersystem eingedrungen ist, wird es versuchen, sich weiter auszubreiten, sich fest im System zu verankern und, wenn es ein gut programmiertes Virus ist, sich zu tarnen. Die gutartigen

Viren tun eigentlich nicht mehr, vielleicht geben sie noch einen lustigen Text aus oder summen eine Melodie. Die bösartigen dagegen verändern oder löschen Daten und Programme, versuchen eventuell sogar, das ganze System stillzulegen. Es gibt mittlerweile Antivirenprogramme, die ein Virus aufspüren und unschädlich machen. Aber es gibt auch neue Viren, die sich immer geschickter dagegen wehren. Wahrscheinlich gibt es sogar Antivirenprogramme, die einige Viren unschädlich machen, gleichzeitig aber selbst ein neues Virus auf die Reise schicken."

Martin überlegte belustigt, inwiefern doch jedes Zeitalter seine typischen Krankheiten besaß. Nach Pest und Cholera waren auch Pocken und Kinderlähmung verschwunden, um Krebs und Aids eine Chance zu geben. Er fragte sich, wie Computerviren in die Kulturlandschaft eingeordnet werden mussten.

"Die Programmierung von Viren ähnelt der Erfindung der Atomkraft. Im Grunde sind beide Erfindungen kreativ und revolutionär, doch tauchen zuerst nur negative Anwendungen auf, bevor die Menschen endlich begreifen lernen, welche positiven Effekte diese Innovation haben kann. Die Virenprogrammierung ist sicher der Beginn eines neuen Programmzeitalters: Ein Programm, das sich selbst reproduziert und vielleicht sogar selbst verändert, ist der erste zaghafte

Schritt zur assoziativen Maschine." Tom schnaubte und blätterte in seinem Papierstapel. Während er sprach, tippte er unentwegt auf der Tastatur weiter. "Unsere Superlinguistin vergleicht das mit den Sprachregeln, die uns erlauben, von endlichen Mitteln unendlichen Gebrauch zu machen. Sie behauptet sogar, das Prinzip der Virenprogrammierung gleiche dem der Sprachmanifestation. Frag mich nicht, was sie darunter versteht. Ich kenne mich nur mit Viren aus."

Wie Martin es erschien, hatten gerade die abnormen Interessen der Mitarbeiter zu einem Erfolg geführt, den normale Wissenschaftler so nicht hätten erreichen können. Die Kombination dieser Veranlagungen hatte etwas Explosives an sich: Corry auf der Suche nach der anderen Wirklichkeit, bereit, ihr Bewusstsein auch mit Drogen zu erweitern, inspirierte Tom, der, auf der Suche nach dem Zusammenhang zwischen Chaos und Realität, Viren und abstrakte Zeichnungen schuf. Beide wiederum wurden verstanden von Klaus Wegmann, der nicht nur die Tragweite dieser Kombination begriff, sondern auch in der Lage war, sie real umzusetzen, wobei er die Hilfe von Terry benötigte, die eine dazu notwendige Sprachgrundlage schuf, und der dies nur gelang, weil sie eine im Kern chaotische Persönlichkeitsstruktur besaß. Wie passte Rodriguez in dieses Spannungsfeld?

Rodriguez blieb hermetisch. So hatte Wegmann ihn in seinen Aufzeichnungen genannt: *hermetisch*. In sich geschlossen, nach außen verschlossen, undurchschaubar. Ob er damit auch hatte andeuten wollen, dass er ihn für magisch und mystisch hielt? Nichts hier entsprach seinen normalen Vorstellungen. Das Institut mitten in der Urlaubswelt direkt neben der Ausgrabungsstätte ebenso wenig wie die Wissenschaftler, die keineswegs nüchtern und mathematisch dachten und handelten. Er hatte eine überschaubare, berechenbare und einfach zu durchschauende Welt erwartet, fand aber den Einbruch des Irrationalen in die Welt des Rationalen vor. Lag das mehr an den Menschen oder an dem Ort oder gar an der Maschine?

"Interessierst du dich auch für Archäologie?"

Tom schüttelte den Kopf. "Ich war schon nebenan, aber die Scherben und Trümmer machen mich nicht an."

"Corry war wohl oft dort?" Er bekam keine Antwort.

"Ich frage mich, was sie so an den Ruinen interessiert hat. Mich beeindruckt zwar auch die Lage der Ruinen direkt am Meer, in praller Sonne, nur von ein paar Pinien geschützt, aber was fand sie daran? Interessierte sie sich für die Römer und Griechen, zog sie vielleicht die tote Stadt der lebenden vor?"

Martins Gedanken verloren sich zu einem Indianerpriester, der einem amerikanischen Anthropologen die andere Wirklichkeit zeigen wollte. Er dachte an Bewusstseinsverände-

rung und sah eine verlorene Corry nachts in den Ruinen herumirren, auf der Suche nach einem Weg hinüber in die Welt der Schatten. Er sah das dämonisch grinsende Gesicht von Rodriguez, der die Hände zu einem Sprachrohr formte und ihr geheime Beschwörungsformeln zuflüsterte. Er bemerkte Klaus Wegmann, der hinter den Büschen lag und halb besorgt, halb fasziniert der Zeremonie folgte. Dabei sich selbst nicht sicher war und ernsthaft überlegte, ob Dinge geschehen konnten, die nicht vernünftig waren.
"Frag Rodriguez, er kennt sich da aus." Als hätte Tom seine Gedanken lesen können. Aber natürlich meinte er nur, Rodriguez kenne sich auf der Ausgrabungsstätte aus, und nicht, dass er sich in magischen Riten auskannte.
"War Wegmann oft im Museum?"
Diesmal schüttelte Tom den Kopf. "Ich glaube nicht. Ab und zu machte er dort einen Spaziergang. Ich glaube aber nicht, dass ihn die Ruinen interessierten, er wäre auch auf einem Fußballplatz spazieren gegangen, wenn der nebenan läge. Terry war an den Glasvasen interessiert. Sie ging öfter hinüber."
Warum sprach er in der Vergangenheit, nahm er an, dass Terry nie mehr dorthin gehen würde? Und wenn ja, warum nahm er das an? Martin überlegte, warum er oft nicht in der Lage war, im richtigen Moment die richtige Frage laut auszusprechen und dadurch den einzig richtigen Augenblick

versäumte. Er saß auf der kleinen Couch, die Beine lang ins Zimmer gestreckt, schaute auf den Rücken vor dem Bildschirm und versuchte, sich das Bild in seinem Rücken an der Wand ins Gedächtnis zurückzurufen. Es stellte einen Hafen dar, wenn er sich richtig erinnerte.

"Wusstest du, dass hier, wo jetzt das Haus auf der Wiese steht, früher einmal der Hafen gewesen ist?"

Tom war nicht beeindruckt. "Damals haben sie ihre Schiffe noch hauptsächlich rudern müssen. Selbst Kolumbus konnte nur mit dem Wind segeln. Erst sehr spät wurde die richtige Anordnung der Segel entdeckt. Danach war es dann möglich, gegen den Wind zu kreuzen, einen vorgesteckten Kurs zu halten. Stell dir vor, Amerika ist nur entdeckt worden, weil sie dem Wind folgen mussten."

Aus der Beschränkung auf das Unfertige ergab sich erst die Entdeckung des Vollkommenen. Martin kam die faszinierende Idee, alle Mitarbeiter des Instituts hätten sich mit dem Virus angesteckt, den Tom auf das Computersystem übertragen hatte. Zwei Todesopfer hatte der Virus schon gefordert. Zwei weitere Mitarbeiter waren schon nicht mehr im Einsatz. Ob sich einer der Verbleibenden als resistent erweisen würde? Gab es eine natürliche Immunität?

"Warum nennst du eigentlich Rodriguez einen Äskulap?"

Ein interessanter Assoziationssprung. "Wenn er gut drauf ist, spielt er oft den Esoteriker. So nach der Art eingeborener Wunderheiler."

Tom lachte und schüttelte den Kopf. "Aber im Ernst, er hat was drauf. Das Zeug, das er zusammenbraut, wirkt sogar. Als ich beim Radfahren eine Muskelverhärtung bekam, bückte er sich zum Oberschenkel, tastete ihn ab, schüttelte den Kopf, ging zu den nächsten Büschen, zupfte Blätter ab und begann sie zu kauen. Nachdem er den Oberschenkel mit der Paste eingeschmiert hatte, hätte ich den Weg zurück wieder fahren können. Stell dir vor, direkt an der Straße, an einem zufälligen Ort, wächst das Zeug, das hilft, als wüsste es, dass es dort gebraucht wird."

Martin sah erstaunt von seinen Füßen auf, deren Haut sich zu pellen begann. Das irrationale Virus hatte also auch schon Tom befallen. Ein mathematisch vorgeprägter Geist unterstellt Pflanzen eine Absicht bei der Wahl ihres Standorts, mehr noch, er zieht in Betracht, sie hätten einen Einfluss darauf.

"Zuerst haben wir ihn ein wenig belächelt, wenn er uns helfen wollte. Hatte jemand Kopfschmerzen, war jemand zu lange in der Sonne, kämpfte jemand mit den Nachwirkungen von Essen oder Getränken, immer hatte er ein Getränk oder ein Pulver zur Hand, das helfen sollte. Wir haben sicher alle vermutet, er wolle sich nur interessant machen, unter dem

Motto: Auch ich bin ein Experte. Aber irgendwann hat wohl jeder mal etwas von ihm versucht. Wenn es dir richtig schlecht geht, schluckst du alles, was schnell helfen könnte. Ich glaube, wir lassen uns mittlerweile alle von ihm versorgen. Er versteht wirklich etwas von Heilkunst."

Stammte das Virus am Ende gar nicht aus dem Computer, sondern war eine Folge der Pulver und Elixiere? In Martin stieg das Bild von Wissenschaftlern hoch, die in den Bannkreis einer mystischen Macht geraten waren und einem vorgezeichneten Weg folgten, ohne etwas davon zu bemerken. Er beschloss, Rodriguez aufzusuchen und seinen Sonnenbrand von ihm behandeln zu lassen. Er schüttelte den Kopf über seine verqueren Gedanken, sagte sich aber, der Sonnenbrand bedürfe schon einer Behandlung. "Wo finde ich Rodriguez jetzt? Ich glaube, ich werde mich in seine Behandlung begeben müssen."

Tom betrachtete Martins Füße und Arme, deren Röte nach dem Schwimmen stark zugenommen hatte. "Wenn du dich der Tortur unterziehen willst. Du findest ihn jetzt wahrscheinlich im Hafen auf der Kaimauer, er hat uns für Mittag einen prächtigen Fisch versprochen, von dem er behauptet, er könne ihn nur im Hafen fangen, und das auch nur vormittags."

Er grinste, als wolle er Zweifel an der Bestimmung des besonderen Fisches zum Ausdruck bringen oder an der Fangmethode. "Du wirst etwas aushalten müssen, aber ich kann dir versprechen, seine Behandlung wirkt dauerhaft."
Daran wiederum hatte Martin keine Zweifel. Ihn erschreckte eher der Gedanke, seine abstrusen Ideen könnten immerhin möglich sein.

11

Martin fand Rodriguez vor der Kaimauer in den Felsen sitzend. Mit dem Rücken an einen Felsen gelehnt, saß er Zigarette rauchend da und betrachtete die Wellen, die den Schwimmer seiner Angel schaukelten. Martin hatte sich schon oft beim Anblick von Anglern gefragt, ob sie nach Fischen oder nach der Zeit angelten. "Was macht unser Mittagessen?"
Rodriguez kicherte. "Er weiß, dass ich auf ihn warte, ich weiß, dass er es weiß. Alles ist nur eine Frage der Zeit. Er wird anbeißen, wenn seine Zeit gekommen ist."
Die Angelschnur wurde eingeholt, pfeifend durch die Luft gewedelt und erneut auf das Meer hinausgeschleudert, wo sie unsichtbar in den Wellen versank. Die Pflanzen wussten, wo sie gebraucht wurden, die Fische, wann sie anbeißen mussten, hatten auch die Menschen gewusst, wann sie sterben mussten?
"Tom sagte, du könntest mir bei meinem Sonnenbrand helfen."

Rodriguez kniff die Augen zusammen und wiegte den Kopf hin und her. Um die Augen bildeten sich Lachfältchen. "Ich behandle eigentlich nur gute Freunde."

Martin überlegte, auf welchem Wort die Betonung gelegen hatte.

"Zieh mal dein Hemd aus." Die kalte Hand, die vorsichtig über seine Schultern strich, ließ ihn zusammenzucken. "Damit hättest du schon früher kommen sollen. Gut *englisch,* würde ich sagen, oder hast du es lieber *medium*?" Martin zog sein Hemd wieder über den Kopf und lachte mit. "Nachher bei mir zu Hause werden wir dich einbalsamieren. Aber zuerst kommt der Fisch. Alles zu seiner Zeit."

Die Wellen hatten den kleinen roten Schwimmer wieder an die Felsen geschaukelt. Er wurde durch die Luft gewirbelt und landete klatschend in einem Wellental, wo er seine Reise von Neuem begann.

Martin hatte versucht, einen Köder zu entdecken, aber alles war so schnell gegangen, dass er sich nicht sicher war, was er gesehen hatte. Er war auch nicht sicher, was er bisher herausgefunden hatte.

"Alles zu seiner Zeit."

Rodriguez blickte ihm ins Gesicht. "Merkwürdig, dass wir das immer sagen, nicht wahr? Wessen Zeit ist es eigentlich?"

Martin überlegte. "Die einen haben immer zu wenig, den anderen ist sie zu viel."

Rodriguez kurbelte die Schnur zu sich heran. "Aber man kann sie nicht teilen, etwas von ihr abgeben. Wenn du zu wenig hast und ich zu viel davon, ich kann dir nichts von meiner Zeit leihen oder schenken." Der Schwimmer flog aufs Meer hinaus, und die dünne Schnur schlängelte sich hinterher.

"Zu viel Zeit kann genauso krank machen wie zu wenig Zeit." Martin dachte daran, dass nicht die Zeit krankmachte, sondern das Empfinden von zu viel oder zu wenig Zeit.

"Tom sitzt jetzt vor den Computern und versucht, für uns alle etwas Zeit herauszuschinden." Der Gedanke belustigte Martin. "Ja, wir Menschen sind sehr ungeduldig, wir bauen immer gewaltigere Maschinen, die uns mehr Zeit schenken sollen, doch in Wirklichkeit nehmen sie uns die Zeit weg."

"Computer ersparen nicht die Arbeit, sie lassen den Menschen sinnvollere Arbeit tun." Martin hatte das irgendwo in einer Anzeige gelesen.

"Sag das einmal dem Fisch. Glaubst du, dass er dann schneller anbeißt?" Wenn es eine sinnvollere Arbeit als Angeln gab, dann würde demnächst auch ein Computer für den Menschen angeln, damit der etwas anderes tun konnte. Vielleicht musste man dann nur noch einen infrarotgesteuerten Fischdetektor ins Wasser lassen, der das Miniatur-Harpuniergerät veranlasste, den Fisch zu töten und an Land zu bringen? Vielleicht wusste aber auch der Fisch, dass Angeln eine sinnvolle Beschäftigung für den Menschen war, und zierte sich deshalb. Ebenso gut konnte Warten wichtig sein, warten, bis die richtige Zeit zum richtigen Ort kam. Man musste nur lange genug am diesem Ort verweilen, bis auch der Zeitpunkt richtig war. Richtig wofür?

"Man sollte durch die Zeit reisen können, immer zur richtigen Zeit an den richtigen Ort."

Rodriguez schüttelte den Kopf. "Du sprichst wie Corry. Es kommt nicht darauf an, dass du durch die Zeit reisen kannst." Die Schnur hatte sich verheddert und wurde entwirrt. "Die Orte und Menschen sind wichtiger als die Zeit."

"Was hat Corry denn an den Ausgrabungsstätten so fasziniert?"

Das Sirren der Angelschnur passte gut zu den glitzernden Schaumkronen der Wellen.

"Corry wäre auch gern zum richtigen Zeitpunkt am richtigen Ort gewesen." Rodriguez schüttelte nachdenklich den Kopf. "Aber das ist eine gefährliche Sache, für die man gewappnet sein muss. Man muss sich darauf vorbereiten, um ihr gewachsen zu sein."

"Was war denn für sie der richtige Ort zur richtigen Zeit?"

Rodriguez spießte den sich um seine Finger ringelnden Wurm auf den kleinen silbernen Haken am Ende der durchsichtigen Schnur und ignorierte seine Frage. "Solltest du als Detektiv dich nicht mit anderen Fragen beschäftigen?"

"Ich bin kein Detektiv, ich bin ein Ermittler."

"Und wo ist da der Unterschied?"

Diese Frage hatte sich Martin schon oft selbst gestellt. "Ein Detektiv stellt Fakten zusammen, er hält Dinge und Begebenheiten fest, die ganz sicher so und nicht anders passiert sind. Ein Ermittler sucht nach Zusammenhängen. Ich beschäftige mich mit Geschehnissen, die möglicherweise einen Zusammenhang ergeben und dadurch etwas erklären, was Fakten allein nicht tun werden. Ich mache mir Gedanken und knüpfe ein Netz, das die Fakten neu ordnet. Meistens entstehen dann mögliche Zusammenhänge, die leichter zu verstehen sind als die, die wir nur für wahrscheinlich gehalten haben."

Rodriguez schnaufte. "O je, noch einer, der eine andere Wirklichkeit sucht."

Martin schaute von dem Schwimmer, der mit den Wellen auf sie zu schaukelte, wieder zurück zu Rodriguez, der das Gesicht verzog, als hätte er Schmerzen und müsse sich erbrechen.

"Die Wirklichkeit hält sich nie an das, was wir für wahrscheinlich halten." Er sagte das, um sich selbst zu überzeugen und die Skepsis, die Rodriguez körperlich darstellte, nicht an sich heranzulassen.

"Du hättest dich mit Corry gut verstanden. Ich glaube, mit Klaus auch."

Martin schüttelte den Kopf. "Ich suche keine andere Wirklichkeit, ich bewege mich in ihr. Außerdem habe ich immer Zeit genug."

"Alles muss schnell gehen, Zeit muss eingespart werden, ökonomisch und rationell musst du arbeiten. Wenn du mit deiner Arbeit fertig bist, dann sollst du dich auch in deiner Freizeit stressen." Rodriguez nickte dem Fisch im Wasser zu. "Es ist doch merkwürdig, dass nur wir Menschen uns nach diesem neuen Gebot richten und nicht die Natur auch. Der Regen wird von den Bergen kommen, aber er lässt sich Zeit, er kommt dann, wann er will. Selbst die Dinge, die schon lange im Boden gelegen haben, müssen nun schnell ausgegraben werden. Es könnte sonst sein, dass es einmal zu spät dafür sein wird."

"Hatte Corry auch zu wenig Zeit?"

Rodriguez dachte einen Moment lang nach und wiegte den Kopf hin und her. "Sie hatte viel zu wenig Zeit und versuchte, die Zeit anzuhalten."

Martin überlegte, wie das gemeint sein konnte.

"Sie versuchte immer, sich selbst anzuhalten, statt mit der Zeit zu gehen."

Einen Moment lang glaubte Martin, die Angel zucken zu sehen, aber es war zu kurz, um einen Fisch anzuschlagen. Also musste man auch hier schnell reagieren, auch hier blieb nicht genug Zeit.

"Wie hat sie das denn angestellt, ihre Zeit anzuhalten?"
Die dunklen Augen sahen ihn an, als suchten sie Spott oder Geringschätzung, die sie aber nicht fanden.
"Sie war auf einem mühsamen Weg. Es ist sehr schwer, die Zeit anzuhalten. Auch wenn deine Zeit um dich herum fast zu stehen scheint, wenn du schon glaubst, du könnest alles ganz genau wahrnehmen, selbst dann hast du noch keinen Erfolg. Es kommt nicht darauf an, selbst langsam zu werden, viel wichtiger ist, mit der Zeit im Einklang zu sein."
Sich mit der Zeit synchronisieren. Mit jenem Strom dahingleiten, dessen Wellen Antrieb und Bewegung für die ganze Wirklichkeit sind. Corry hatte offensichtlich geglaubt, ihr Bewusstsein manipulieren zu können, bis es dann endlich ganz aufgehört hatte zu existieren. War das nun ein Erfolg gewesen, vielleicht auch nur ein Teilerfolg, oder ein Fehlschlag?
"Corry hat für sich die Zeit angehalten."
Rodriguez sagte nichts dazu. Er schien sich auf das Angeln konzentrieren zu wollen. Martin glaubte zu bemerken, wie der schlanke Körper, der mit der Rute fest verwachsen schien, sich dem Rhythmus der Wellen anpasste, wie er leicht hin und her schwankte, als wolle er eins werden mit der Bewegung der heranrollenden Wellen. Vielleicht war das die Kunst des Angelns: sich mit der Natur zu synchronisieren, bis Angler und Rute nicht mehr als Fremdkörper galten.

Die einen versuchten, die Zeit anzuhalten, die anderen versuchten, immer schneller zu werden und sich so anzupassen, wieder andere, und das waren nur Wenige, verstanden, sich in Einklang mit dem Lauf der Zeit zu bringen. Wessen Wirklichkeit war die natürlichere?

Sie hatten einen Rechner konstruiert, dessen Komplexität das Vorstellungsmaß der Menschen schon beinahe überschritt. Damit erzielten sie auch jene unvorstellbare Geschwindigkeit, die ausreichend schien, die Zeit zu überlisten. Gleichzeitig gelang es ihnen aber, jene Denkprozesse in das System einzuspeisen, die in ihm den Impuls verankerten, die Zeit anzuhalten. Was vermochte dieses System, mit dem Namen Harry, den Ideen von Corry und der Energie von Tom und Klaus Wegmann, zu verwirklichen? Martin sah von den Wolken, die langsam über ihn hinwegzogen, zurück auf die Wellen, die mit dem Ende der Angelschnur spielten.

"Hast du Corry bei ihrer Suche geholfen?"

Rodriguez schüttelte den Kopf. "Ich habe ihr geholfen, immer wieder den Weg zurückzufinden. Ich habe auch versucht, ihr zu sagen, ihr Weg sei nicht der richtige Weg. Aber sie hat es nicht geglaubt."

Was hätte er auch sonst tun sollen? Wie mochte er sich gefühlt haben, wenn er dabei zusah und schon wusste, wie es enden würde? In den Aufzeichnungen von Klaus Wegmann befanden sich genug Beschreibungen dieser Situation: Corry und Rodriguez nachts in den Ruinen einer längst vergangenen Kultur, sie auf der Suche nach sich selbst und er bei dem Versuch, sie vor sich selbst zu retten. Die hoch qualifizierte Wissenschaftlerin auf den Abwegen dieser Kultur, nur noch von einer schmalen und braunen Hand immer wieder zurückgehalten, bis es dann einmal zu spät gewesen war.

Klaus Wegmann wäre ihr gern gefolgt, zumindest hätte er ihr gern selbst geholfen. Aber er hatte diese Aufgabe jemandem überlassen, den er für geeigneter hielt. Er war gleichzeitig eifersüchtig und dankbar gewesen. Er hatte von den Erinnerungen an eine Zeit gezehrt, die längst vergangen war und schon gewusst, dass diese Zeit nie mehr wiederkehren würde. Er hatte nur dabeigestanden und zugesehen, das unvermeidbare Ende abgewartet. Martin fragte sich, warum weder Klaus Wegmann noch Rodriguez versucht hatten, sie von ihrem Weg abzubringen. Ihm kam der Gedanke, gerade Corrys Sucht könne den Erfolg bei dem Experiment ausgemacht haben und Klaus Wegmann das gewusst haben. Hatte er Corry dem Experiment geopfert? Interessiert schaute Martin zu, wie Rodriguez einen großen Fisch an Land zog und ihn tötete. Irgendwie beruhigte ihn der Gedanke, dass es immer nur auf die Menschen ankam und weniger auf die Zeit, mit der sie lebten.

12

Das Mittel gegen Sonnenbrand, aufbewahrt in einer weißen Plastikflasche, die Martin an P.K. Norder erinnerte, hatte seine Wirkung getan. Martin saß mit bloßem Oberkörper im Schatten auf der Veranda und genoss das Abklingen des Schmerzes. Zuerst hatte er nur die flüssige Kälte empfunden, die sich zu einem gleichmäßigen Jucken ausbreitete, das dann zu einem scharfen Schmerz anschwoll, als wolle sich die Haut gewaltsam vom Körper lösen. Einen Moment lang war es ihm unangenehm gewesen, Rodriguez seinen fast nackten Körper darzubieten, ihn mit seinen schlanken Händen darüberfahren zu lassen, mit Bewegungen, die schon an Zärtlichkeit erinnerten. Er hatte sich auf das Jucken und den Schmerz konzentriert, um sich von diesen Gedanken abzulenken. Vielleicht war die Gleichgültigkeit gegenüber Terrys Annäherungsversuchen gar nicht gespielt gewesen?
Tom grinste ihn aus der Sonne an. "Tapfer, tapfer." Er war vor kurzem erschienen, hatte sich in einen Strohsessel geworfen, Papierseiten um sich verteilt und der Prozedur genüsslich zugeschaut.

Martin holte tief Luft und musste sich räuspern. "Wenn alle Heilverfahren, die schmerzen, auch so helfen, wie sie schmerzen, dann werde ich nie mehr aus der Sonne gehen müssen."

Tom lachte und griff nach einem Papier, das er ihm herüberreichte. "Hier, das ist für dich. Ich habe Harry ein wenig für dich arbeiten lassen."

Martin sah sich den Computerausdruck bedächtig an: Über die ganze Seite angeordnet, fast wie ein Gemälde wirkend, befanden sich farbige Flächen, mit feinen Linien verbunden. Ein Netzwerk von Flächen und Linien, danebenstehenden Zahlen mit eigentümlichen Symbolen, die an Mathematik erinnerten.

Mind Map.
Projektname: AVE 31 assoziative Verifikation expert
Rechenzeit: 4.25'41 Std.
Mittlere Wahrscheinlichkeit: 42.31 %
Zahl d. Informationsanforderungen: 1.336 Mio.
Statuspriorität: 12
Verfügbare Grundmuster: 4748
Speicherbedarf: 6.345.748.32 KB
Passwort: ....
Operator: TV
Kausale Konstellation:

Tod C. van Holst--Tod K. Wegmann 52,33 %
Abwesenheit J. Oskar--Abwesenheit T. Mansfeld 54,82 %
Tod K. Wegmann--Abwesenheit T. Mansfeld 64,21 %
Tod K. Wegmann--Abwesenheit J. Oskar 85,66 %
Tod C. van Holst--Abwesenheit T. Mansfeld 12,34 %
Tod C. van Holst--Abwesenheit J. Oskar 12,84 %
Tod K. Wegmann--Abwesenheit P.K. Norder 0.08 %
Tod K. Wegmann--Abwesenheit T. Verhey 74,55 %
Tod K. Wegmann--Tod T. Verhey 50,00 %
Projektstatus 50,00 %
MiB 65,00 %
Assoziative Konstellation:
Tod K. Wegmann--Projektstatus 65,34 %
Tod C. van Holst--Projektstatus 74,78 %

Martin sah Tom fragend an und erhielt von ihm die Erläuterungen, die er benötigte, um die Zusammenhänge zu verstehen. "Ich habe Harry beauftragt, den Zusammenhang zwischen dem Tod der Mitarbeiter und der Abwesenheit der Mitarbeiter zu berechnen. Zunächst ist wichtig zu wissen, dass er diese Berechnung ausführt, während er gleichzeitig das Hauptprojekt weiterführt." Tom machte eine kurze Pause. "Er kann den logischen Zusammenhang zwischen den Toten und dem Projekt, an dem er gleichzeitig arbeitet, nicht negieren!"

Martin nickte, obwohl er sich nicht sicher war, dass er diese Unterstellung akzeptierte.

"Die mittlere Wahrscheinlichkeit des Ergebnisses liegt unter 50 Prozent. Das bedeutet, dass er zu wenige Hintergrundinformationen besitzt, um eine konkrete Wahrscheinlichkeit zu berechnen. Immerhin aber liegen die einzelnen Ergebnisse im Bereich der normalen Erwartungen."

"Was bedeuten die Prozentangaben?"

"Eine Angabe von genau 50 Prozent bedeutet, dass etwas nicht entscheidbar ist. Zwischen 10 und 40 Prozent liegen unwahrscheinliche, zwischen 60 und 90 Prozent liegen wahrscheinliche Konstellationen.

Jetzt sieh dir die Zahlenangaben an:

Den Zusammenhang zwischen Corrys und Klaus Wegmanns Tod sieht er als ebenso gering an wie den zwischen der Abwesenheit von Terry und Julian. Aber jetzt wird es interessanter: Den Zusammenhang zwischen Klaus' Tod und der Reise von Terry hält er für minimal wahrscheinlich. Den Zusammenhang mit Julians Abwesenheit für fast sicher!

Der Tod von Corry spielt offensichtlich für die Abwesenheit beider keine Rolle. Eine Abwesenheit von Norder hält er in diesem Zusammenhang sogar für vollkommen unwahrscheinlich, rechnet aber sehr damit, dass ich nicht anwesend sein werde. Den Zusammenhang zwischen meinem wahrscheinlichen Tod und dem Weiterbestehen des Projekts kann er nicht entscheiden. Schau dir die beiden letzten Werte an, dort berechnet er die Auswirkungen auf das Projekt. Beide Werte liegen im wahrscheinlichen Bereich."

Tom lehnte sich im Sessel zurück und ließ seine Worte wirken. Martin versuchte die gewonnenen Informationen einzuordnen und stellte gleichzeitig fest, dass er an ihrer Brauchbarkeit stark zweifelte. Ihn amüsierte eher der Projektname AVE: Sei gegrüßt. Als wolle sich Harry ironisch an einer Suche beteiligen, von der er berechnen konnte, dass sie unter diesen Voraussetzungen sinnlos war, und als sei diese Begrüßung ein Hinweis auf seine Einstellung dazu.

"Findest du nicht bedeutsam, dass er eine Abwesenheit von Norder für unwahrscheinlich hält, obwohl der heute Morgen nach Barcelona gefahren ist, meine jedoch für sehr wahrscheinlich, obwohl ich noch hier bin?"

Martin begann sich zu fragen, ob Tom nicht unter einem zwanghaften Verfolgungswahn litt, der ihn dazu brachte, geheime Hintermänner ins Spiel zu bringen und ein Komplott für den Tod seiner Freunde verantwortlich zu machen. Interessanter war doch eher die Zahl, die einen sehr wahrscheinlichen Zusammenhang zwischen Klaus Wegmanns Tod und der Abwesenheit von Julian Oskar herstellte. Eigentlich die einzige hervorstechende Wahrscheinlichkeit, die berechnet worden war. Was hatte das Verschwinden von Julian Oskar mit dem Tod von Klaus Wegmann zu tun? Martin dachte daran, dass er schon den Gedanken in Erwägung gezogen hatte, die Hilfe des Computers in Anspruch zu nehmen. Er hatte sich vorgestellt, mit Toms Hilfe die gefundenen Zusammenhänge nachkonstruieren und berechnen zu können. Aber jetzt war er sich sicherer als vorher, dass diese Methode eine Sackgasse darstellte. Alles, was sie in den Computer eingeben würden, könnte immer nur ein Spiegelbild ihrer Vorurteile und Denkfehler abgeben. Zu welchem Ergebnis Harry dann kommen musste, lag klar auf der Hand. Außerdem schienen Harrys Ergebnisse weniger sicher zu sein als die Interpretationen seiner Anwender.

Dienten Computer letztlich nicht nur der Bestätigung von Vorurteilen? Sie machten das sicher und berechenbar, was die Anwender so sehen wollten.

"Ich frage mich, ob Harrys Berechnungen nicht schon von anderen beeinflusst werden."

Martin schaute überrascht auf und sah Tom zweifelnd an. Das Bild von der Spezialabteilung des Großkonzerns, die an geheimen Fäden die Entwicklung steuerte, wich in den Hintergrund zurück und machte dem Gedanken an Menschen Platz, die durch ihre Veranlagung und die besonderen Umstände in ein Chaos von Gefühlen und Ängsten geraten waren.

"Es deutet alles darauf hin, dass die bisherigen Ereignisse in engem Zusammenhang mit unseren Forschungsergebnissen stehen und die Entwicklung von außen gesteuert wird. Allein deine Anwesenheit und dein Auftrag sind schon Beweis genug."

Tom streckte die Beine aus und wedelte mit den Papierseiten durch die Luft. "Es bleibt eigentlich nur die Frage, was sie durch deine Untersuchung wirklich erreichen wollen."

Die Frage schien eher zu sein, ob wirklich noch jemand existierte, der mehr wollte als das Auffinden von verschwundenen Unterlagen. "Ich frage mich, ob dein Auftrag nicht einfach nur dazu führen soll, das Feuer zu legen, das alles still und unauffällig einäschert."

Bislang hatte Martin seine Rolle mehr als die eines Feuerwehrmanns gesehen. "Ich unterstelle dir natürlich nicht, dass dies auch deine Absicht ist. Du bist wahrscheinlich genauso ein Werkzeug von ihnen, wie wir es gewesen sind."

Rodriguez unterbrach den Monolog. "Kommt, der Fisch ist fertig. Ein wenig könnt ihr euch auch nützlich machen. Tom deckt den Tisch, und du hilfst mir bei den Schüsseln."

Der Fisch hielt, was Rodriguez versprochen hatte. Selbst Martin, der eigentlich kein ausgesprochener Fischliebhaber war, gestand sich ein, dass er bis dahin noch nichts Köstlicheres gegessen hatte. Nach dem Essen brach Tom wieder auf und fuhr zum Institut zurück, während Martin beim Spülen des Geschirrs half, einer Arbeit, die er sonst hasste.

"Tom macht mir ein wenig Sorgen. Er ist irgendwie verändert." Rodriguez klapperte mit den Tellern und schüttelte nachdenklich den Kopf. "Wenn er sonst Probleme hatte oder sich gestresst fühlte, dann setzte er sich aufs Rad und fuhr so lange, bis er nicht mehr konnte und ich ihn abholen musste. In letzter Zeit sitzt er immer länger vor dem Computer und arbeitet. Es hat mich schon gewundert, dass er gestern mit uns schwimmen gegangen ist."

"Glaubst du, er hatte mit seiner Vermutung recht?"

Martin nahm ein trockenes Handtuch und schaute Rodriguez zu, wie er die Fischgräten in den Abfalleimer kehrte. "Mit welcher Vermutung?"

"Nun, dass hinter allem, was passiert ist, Hintermänner stecken, die auch jetzt noch alles beeinflussen."

Rodriguez schüttelte den Kopf. "Ich glaube es eigentlich nicht." Er zögerte einen Moment lang. "Nein, davon hätten wir doch viel früher etwas merken müssen." Er spielte mit einer langen Gräte, die er zwischen den Fingern zwirbelte.

"Ich glaube, er verrennt sich da in eine Idee. Seit er bei der Arbeit allein ist, fühlt er sich überfordert und riecht überall Unheil. Du hättest hören sollen, was er vermutete, als du erschienen bist."

Rodriguez grinste bei der Erinnerung daran. "Was machst du heute Nachmittag, hast du schon etwas Besonderes vor? Wenn nicht, dann komm doch mit. Ich will einen Freund besuchen, der dir gefallen wird."

Martin überlegte kurz. Eigentlich hatte er vorgehabt, sich auf den Balkon zu setzen und weiter in Klaus Wegmanns Aufzeichnungen zu lesen. Aber das konnte er auch abends noch tun. "Eine gute Idee, ich habe nichts Besonderes vor, und aus der Sonne sollte ich wohl eine Zeit lang wegbleiben."

Da P.K. Norder mit dem weißen Jeep nach Barcelona gefahren war, nahmen sie Martins rotes Cabrio. Die Strecke führte hinter Rosas in die Berge, eine schmale Küstenstraße entlang, nach Cadaques, wo der Freund wohnte. Martin genoss den herrlichen Ausblick von der steilen Straße auf die Bucht von Rosas und freute sich über Rodriguez' Anwesenheit, der ihm Geschichten über Land und Leute erzählte, die sicher nicht alle der Wahrheit entsprachen. Er war neugierig auf die weiße Stadt, Cadaques, in deren Nähe Dali gewohnt und deren Hafen er gemalt hatte. Ihre ausgelassene Stimmung vertrieb die Gedanken, die sich immer schneller im Kreis drehten und begonnen hatten, an immer unerfreulicheren Dingen festzuhalten.

13

Cadaques wurde eine Enttäuschung. Martins Vorstellung von einer lichtüberfluteten, weißen Stadt, die einen Kontrast zu dem blaugrünen Meer und den braungrauen Bergrücken bildete, so wie es Dali in seinem Hafengemälde festgehalten hatte, entsprach nicht mehr der Wirklichkeit. Selbst als er im alten Hafen genau an der Stelle auf flachen Steinen am Strand stand, von der aus Dali die Stadt betrachtet hatte, ließen sich seine Vorstellung und seine Empfindungen nicht in Einklang bringen. Vielleicht hatte aber auch die schöpferische Einbildungskraft des Künstlers mehr geschaffen, als tatsächlich zu sehen war.

Der Besuch bei dem Freund von Rodriguez dagegen hinterließ einen Eindruck, der Martin gefangen hielt. Der zufrieden lächelnde alte Fischer mit dem gebrochenen Bein, das nicht mehr richtig verheilt war, strahlte eine Zuversicht und eine Sicherheit aus, die nicht in diese Welt passen wollten. Das kleine Haus mit den engen und dunklen Räumen, nur mit dem zum Leben Notwendigsten ausgestattet, bot einen Freiraum für Gastfreundschaft, der Martin überraschte. Sie saßen vor dem Haus, blickten auf den Hafen und führten eine komplizierte zweisprachige Unterhaltung, die von Rodriguez' Übersetzungen am Leben gehalten wurde. Mehr als die Worte wirkte jedoch die Ausstrahlung des alten Mannes, den das Leben, so wie es sich darstellte, zu amüsieren schien. Die Computer und der Mann, der sich als Ermittler ausgab, der heilkundige Freund, die Touristen auf der Suche nach einer vergangenen Romantik, sie alle traten in den Hintergrund, wenn die Sprache auf das Meer kam, das zum Leben gehörte wie der erste Atemzug.

Martin drängte sich der Gedanke auf, dieser alte Mann würde in dem Gemälde von Dali lesen können, während er selbst es nur betrachten konnte, um es mit der Wirklichkeit zu vergleichen. Sie tranken einen süßen und scharfen Schnaps, diskutierten über die Rolle des Meeres in diesem Land, das schon so viele Veränderungen hatte über sich ergehen lassen, ohne sich selbst zu ändern. Die Mauren und die Juden hatten den Hang zur Mystik mitgebracht, der auch heute noch jede Faser der Menschen durchdrang, selbst wenn sie gläubige Christen geworden waren, in einem Land, das Jahrhunderte hindurch unter Ketzern und Inquisitoren gelitten hatte. Heute gab es die Touristen und die Europäische Union, die Separatisten und die immer noch aktiven Faschisten, die einem König das Leben schwer machten, der, wie alle Jahrhunderte vorher, weit entfernt in Madrid lebte. Was sollte sich an diesem Leben schon ändern, solange die Sonne morgens aus den Wellen des Meeres stieg und am späten Nachmittag hinter den Hügeln der Pyrenäen verschwand?

Der neue Anstrich des Bootes und das Flicken der Netze, der Standort der Fische, der Wind und das Meer, die Gesundheit der Kinder und Enkel, die Hilfe gegen die Behinderung durch das steife Knie, das waren Dinge, über die es sich nachzudenken lohnte. Und so, wie die Salbe von Rodriguez Linderung brachte, so gab es für jedes Problem, wenn es sich stellte, einen Weg, um es zu lösen. Rein gedankliche Probleme, die sich vielleicht so oder anders stellen konnten, gab es nicht. Martins spekulative Überlegungen wurden von dem süßen Schnaps und der geradlinigen Lebensphilosophie erstickt. Er hörte dem zuletzt nur noch spanisch geführten Gespräch zu, lachte mit und schüttelte den Kopf, betrachtete das auf den Wellen schaukelnde Fischerboot, das in seiner Lieblingsfarbe blau gestrichen war.

Die Zeit mochte alle Probleme lösen, jedes Problem zu seiner Zeit. Die Rückfahrt verlief schweigend, zum einen, weil sich Martin nach den vielen Schnäpsen auf das Fahren konzentrieren musste, zum anderen, weil es nichts Sinnvolles zu sagen gab. Er saß wieder auf seinem Balkon im Schatten, den

Sessel zum Meer hin gedreht, Klaus Wegmanns Aufzeichnungen auf den Knien, und begann sich erneut zu fragen, was wirklich wichtig war für seine Untersuchung.

Der Versuch, Ordnung in seine Gedanken zu bringen, scheiterte mit jeder neuen Idee, die ihn überfiel. Einen kurzen Moment war er sogar versucht, am Tod von Klaus Wegmann zu zweifeln. Was, wenn nicht Klaus Wegmann in dem Grab lag, sondern der vermeintlich abgereiste Julian Oskar? Die Mittagshitze ließ seine Augen schwer werden, und er schlief mit dem Nachgeschmack an süße, scharfe Schnäpse ein.

Die Sonne brannte auf seinen bloßen Schultern, obwohl es tiefe Nacht war. Sie warf den Schatten von Rodriguez über die mit einem weißen Hemd bekleidete Corry, deren massige Gestalt sich hin und her wiegte. In den staubigen Boden zeichnete Rodriguez Pentagramme, die plötzlich mit einem Windhauch in Flammen aufgingen und auf das Meer zutrieben. Martin fühlte sich gefangen und angekettet, sah Tropfen einer heißen Flüssigkeit an seinen Armen herabrinnen, die auf den Boden tropften und dort helle Zeichen eingruben. Er konnte Corry und Rodriguez nicht folgen, die mit tanzenden Schritten das Amphitheater verließen und durch den Zaun hinter den Büschen des Instituts verschwanden. Dafür drehte jetzt Tom auf seinem Rennrad im weiten Oval seine Runden. Seine Geschwindigkeit nahm immer mehr zu, seine Schräglage schien ihn über den Boden schweben zu lassen. Wenn er an dem gefesselten Martin vorbeischoss, hörte er ihn Computerbegriffe ausstoßen, abgehackt und atemlos.

Martin zerrte an seinen Fesseln, die plötzlich nachgaben und ihn im Boden versinken ließen. Sandwellen schlugen über ihm zusammen und spülten ihn atemringend vor das Bücherregal in der Bibliothek, dessen Inhalt sich polternd über ihm ergoss, wobei sich die Blätter aus den Buchrücken lösten und ihn bedeckten wie Schneeflocken, die nicht mehr schmelzen wollten. Mit der freien linken Hand griff er nach einem herabtrudelnden Blatt und hörte das belustigte Kichern des alten Fischers, der auf den Treppenstufen saß und sein steifes Knie massierte. P.K Norder sah von dem obersten Treppenabsatz auf ihn herunter und winkte ihm zu. "Wenn Sie die Unterlagen gefunden haben, müssen sie mir gehören!" Der weiße Mann wurde in den dunklen Korridor gezogen und verschwand schreiend. Martin wälzte sich in dem Blättermeer auf die Seite und versuchte, schwimmend die Treppe zu erreichen, von wo ihm Rodriguez lächelnd die Hand entgegenstreckte. "Gib mir das Blatt! Nur der Initiierte darf darin lesen!"

Rodriguez wurde von Klaus Wegmann in die Blätterwellen gestoßen und verschwand mit einem traurigen Seufzer unter dem Regal mit den mathematischen Buchtiteln. Im gleichen Moment, fast ohne spürbaren Übergang befand er sich im Museum. Martin erschrak. Er hatte vergessen, an der Kasse das Eintrittsgeld zu bezahlen. Das Museum wurde gleich geschlossen, und er hatte noch keine Eintrittskarte! Der Computer an der Kasse warf nur leere, weiße Karten aus, während sich die Eingangstore schon langsam zu schließen begannen. Martin sah, wie sich Klaus Wegmann durch den Spalt zwischen den mächtigen Toren zwängte und ihm zum Abschied zuwinkte. Das leere Blatt Papier in Martins Hand begann sich mit Formeln und Zeichen zu füllen, begann einer Skizze zu ähneln, die das Bild von Cadaques' Hafen darstellte. Die rothaarige Terry beugte sich über ihn und zischte ihn an: "Zieh dich aus. Los mach schon!" Sie griff zu seinem Gürtel hinunter und stieß ihm dabei das Gemälde Dalis aus der Hand, das polternd auf den Balkonboden fiel und zwischen den Stäben des Geländers hinunter in den Garten verschwand.

Martin wachte erschrocken auf und sah die Aufzeichnungen von Klaus Wegmann unten auf dem asphaltierten Bürgersteig liegen. Benommen und schweißnass stieg er die außen liegende Treppe hinunter und schaute sich verstohlen um. Niemand hatte von dem Vorfall etwas bemerkt. Die Straße war menschenleer, selbst der Swimmingpool lag verlassen in der Mittagshitze. Von einem der Balkone plärrte ein Radio, aber niemand beugte sich über das Geländer und sah nach, was er hier trieb.

Die schwarze Hülle des kleinen Buches war durch den Sturz eingerissen worden. Eine schmale Karteikarte, bislang darunter verborgen, war halb aus dem Futter herausgerutscht. Martin las das einzige Wort, das sorgfältig darauf gemalt worden war: *Castaneda*.

Gedankenverloren sah er die Straße hinunter und hörte ein Auto mit quietschenden Reifen hinter sich anhalten. Rodriguez beugte sich aus dem Fenster eines klapprigen Renaults. "Komm, schnell! Tom ist mit dem Fahrrad verunglückt!"

Martin steckte die Karteikarte in die Hosentasche, hielt das Buch vor die Brust und kletterte auf den schmutzigen Beifahrersitz. Die halsbrecherische Fahrt am Strand von Riells vorbei und durch die engen Gassen des alten L'Escala wurde von dem Klappern und Ächzen des altersschwachen Autos begleitet, das Rodriguez von einem Freund ausgeliehen hatte.

Man hatte Tom nur durch Zufall gefunden. Von der Straße aus war nichts zu bemerken gewesen. Zwei Touristen in ihrem Schlauchboot hatten ihn auf den Felsen entdeckt. Er musste wohl mit dem Fahrrad von der Straße abgekommen und den steilen Felshang hinabgestürzt sein. Wahrscheinlich war er mit zu hoher Geschwindigkeit den Berg hinuntergefahren. Jetzt lag er im Krankenhaus und wurde operiert. Das Rennrad lag noch auf den Felsen. Rodriguez berichtete, was er selbst nur gehört hatte, und bog in eine schmale Toreinfahrt ein. Martin folgte Rodriguez durch die hohen Gänge des alten Gebäudes, roch den vertrauten und schweren Duft eines Krankenhauses. Rodriguez sprach eine junge Schwester an, die aber nur den Kopf schüttelte und wieder hinter einer Pendeltür verschwand. Sie sahen einen Moment lang in den dahinter liegenden Raum, vollgestopft mit Apparaten und Menschen, und nahmen auf der Holzbank gegenüber der Pendeltür Platz.

Rodriguez betrachtete seine Hände, während Martin dem langsamen Nachschwingen der Tür seine Aufmerksamkeit schenkte. Wie viele Zufälle durfte es geben? Ein Mitarbeiter stirbt, wahrscheinlich an einer Überdosis oder einem Herzstillstand, der Nächste an einem Herzinfarkt oder an einer Kreislaufschwäche, dann verunglückt der Dritte mit dem Fahrrad, während zwei weitere mit unbekanntem Ziel verreist sind und der Chef des Instituts überraschend nach Barcelona gefahren ist.

Martin vernahm das Klirren von Gläsern und das Klappern von Schuhen auf dem Gang, wandte jedoch seine Augen nicht von der Tür ab, die jetzt zur Ruhe gekommen war. Er hörte, wie Rodriguez mit den Fingern knackte und die Handflächen aneinander rieb. Sollte er zur Unfallstelle hinausfahren und nach Spuren suchen? Warten, bis Norder zurückkam und den weißen Jeep nach Blessuren untersuchen? Oder gar das von Rodriguez geliehene Auto?

Die Pendeltür öffnete sich, und ein junger Polizist kam heraus. Er unterhielt sich kurz mit Rodriguez, schüttelte den Kopf, drückte zum Abschied dessen Schulter und ging den Gang hinunter. Seine Schritte in den Lederstiefeln hallten laut wider. Draußen, vor dem Krankenhaus, würde er sich den Helm aufsetzen, das schwere Motorrad anwerfen und weiter seine Runden drehen. Wahrscheinlich war der Unfallhergang schon untersucht worden, und zwar von Leuten, die etwas von diesem Metier verstanden. Sicher mehr als er. Martin fragte sich, wovon er etwas verstand.

Auch die anderen Zufälle waren schon untersucht worden, ohne dass etwas Besonderes daran aufgefallen wäre. Nur dass die Unterlagen fehlten und wo sie geblieben waren, sollte noch von ihm untersucht werden. Noch ein Zufall.

Die Pendeltür wurde von innen aufgestoßen, Schwestern und Ärzte verließen den Raum. Hinter ihnen folgte das rollende Bett mit dem verbundenen Patienten, geschoben von zwei weiß gekleideten Pflegern. Martin konnte außer Mullbinden nur Augen, Nase und ein Stück Bart ausmachen. Vom Arm aus führten dünne Schläuche zu Flaschen, die an einem Chromgestell, ebenfalls auf Rollen, aufgehängt waren.

Sie folgten dem Bett in ein kleines, abgedunkeltes Zimmer. Während Rodriguez sich leise mit einem der Ärzte unterhielt, beugte sich Martin zu dem vermummten Kopf hinunter. Es klang fast wie ein zu lautes Atmen, doch Martin vermeinte, Worte darin entdecken zu können. Der Geruch, der von den Verbänden ausging, wollte ihn fast betäuben.
"Das Virus ...". Der Rest ging in einem rasselnden Atmen unter.
Martin wurde von einem der Pfleger sanft, aber bestimmt an der Schulter zurückgezogen. War das Virus ausgebrochen? Stellte das Virus eine Gefahr dar, wenn ja, für wen? War das Virus der Schlüssel zu den Vorgängen?
Rodriguez stieß ihn an und beugte sich zu ihm. "Es sieht ernst aus. Er hat schwere Schädelverletzungen, aber sie hoffen, dass er es überstehen wird."
Sie blickten beide zu dem Bett hinunter, in dem die Gestalt von Tom zwischen den weißen Bettlaken und den Verbänden nur zu ahnen war. "Ich werde bei ihm bleiben. Holst du seine Sachen aus dem Institut?"
Martin nahm den ihm entgegengehaltenen Autoschlüssel und nickte. Als er in den Wagen stieg, ertappte er sich dabei, die Kotflügel nach frischen Spuren zu untersuchen. Er fuhr zum Institut und überlegte sich, wie er die Chance nutzen konnte, allein und ohne gestört werden zu können, dort etwas Wesentliches herauszufinden.

14

Martin nahm die ihm richtig erscheinenden Kleidungsstücke aus Toms Schrank und verstaute sie mit den Waschutensilien in einer Sporttasche, die er ebenfalls dort gefunden hatte. Er hatte sich schon in Toms Schlafraum umgesehen, aber nichts entdecken können, was ihm bedeutsam schien. Die Computer im Raum nebenan waren bei der Arbeit. Über ihre Bildschirme zuckten die Zahlenkolonnen, die Martin schon einmal gesehen hatte. Da er nicht wagte, ihn in seiner Arbeit zu unterbrechen, ging er in den Arbeitsraum von Klaus Wegmann und setzte sich dort vor den Bildschirm.

Er hatte sich überlegt, dass er nun die wahrscheinlich einmalige Chance besaß, unbemerkt den Computer zu bedienen. Aber jetzt, da er direkt davor saß, wusste er nicht, was er zuerst tun sollte. Zu Hause benutzte er zwar ab und an einen Laptop, um damit Briefe zu schreiben oder seine Ausgaben und Einnahmen zu überwachen, doch hier den Computer zu bedienen, war etwas anderes. Um das Gerät einzuschalten, suchte er den entsprechenden Schalter. Der Bildschirm zuckte leicht, ein Lüfter lief vernehmlich an. Auf dem Bildschirm erschienen Systemmeldungen, die besagten, der Benutzer werde nun in das Netzwerk eingebunden. Also war dies kein separater Computer, sondern ein Arbeitsplatz von mehreren. Es wurde eine Benutzerkennung verlangt.

Martin versuchte, sich an den Ausdruck zu erinnern, den Tom ihm mitgebracht hatte. Er glaubte, sich an das Kürzel TV, für Tom Verhey, zu erinnern und gab KW, für Klaus Wegmann, ein. Einen Moment lang geschah nichts, und Martin glaubte schon, etwas falsch gemacht zu haben. Dann begrüßte ihn das System AVE und forderte von ihm die Kurzwahl des Arbeitsbereichs. Er hatte gehofft, einen Menü-Baum gezeigt zu bekommen, bei dem er mit Ziffern oder Buchstaben wählen konnte, aber solche Hilfen benötigten die Benutzer dieses Computers offensichtlich nicht.

I, wie Information, und H, wie Hilfe, brachten keinen Erfolg. Der blinkende Cursor rückte nur wieder an seine alte Stelle zurück und löschte Martins Eingabe. Martin hatte auch gehofft, das System würde ihm auf die Passworteingabe CASTANEDA hin Informationen zur Verfügung stellen, musste aber jetzt feststellen, dass er noch nicht bis zu der Stelle vorgedrungen war, an der ein Passwort abgefragt wurde.

Er versuchte es mit D, für Dokumentation, und wurde mit einer weiteren Frage belohnt: *Bitte Funktionsbereich wählen?*

Jetzt half nur noch experimentieren, mochte geschehen, was wollte. Die Eingabe von DA ergab nur den Hinweis, dieser Bereich sei zurzeit nicht freigegeben. DB bis DD entlockten dem Gerät keine weitere Reaktion. DE jedoch bewirkte etwas, auf dem Bildschirm erschien der Hinweis: Deskriptions-Analyse, gefolgt von Zahlen und Prozentangaben, fein säuberlich in Spalten aufgeteilt. Martin drückte die Leertaste und gelangte wieder zur Einschaltmeldung. Das Spiel konnte von vorn beginnen.

Nach der Eingabe von DO, für Dokumentation, gelangte er endlich zur ersten Passworteingabe.

Nun konnte sich zeigen, ob seine Vermutung, der auf der Karteikarte vermerkte Name sei ein Passwort, richtig war.

Er hörte ein Motorgeräusch und stürzte ans Fenster, aber es war nicht der weiße Jeep vorgefahren, sondern ein Bus war auf den Parkplatz des Museums gerollt. War es nicht naheliegend, dass Menschen, die tagtäglich Computer benutzten und mit ihnen arbeiteten, auch ihre Aufzeichnungen mit dem Computer erstellten und in ihm ablegten? Wo er selbst doch seine Briefe damit schrieb und obendrein noch ein Zugriffsschutz installiert werden konnte?

Martin zögerte mit der Eingabe. Er musste es jetzt einfach versuchen. Viel Zeit blieb ihm nicht, denn er musste ja zurück ins Krankenhaus, wo Rodriguez auf ihn wartete. Martin

tippte langsam und sorgfältig C A S T A N E D A und betätigte anschließend die Return Taste. Es geschah etwas, aber nicht das, was er erwartet hatte. Der Bildschirm meldete nur:
Zweite Passworteingabe notwendig.
Achtung! Bei Fehleingabe nur Ausdruck mit anschließender Löschung!
Martin versuchte, sich über die Konsequenzen klar zu werden. Hatte Klaus Wegmann seine Aufzeichnungen, und er war überzeugt, es handelte sich um die gesuchten Aufzeichnungen, doppelt abgesichert? Und was bedeutete das Wort *Löschung*? Wurden dann die Texte gelöscht oder gar das komplette Programm? Er quittierte die zweite Eingabe mit der Leertaste und gelangte zum Anfang zurück, ohne dass etwas ausgedruckt oder gelöscht wurde. Einen kurzen Moment lang war er versucht, den Ausdruck doch zu starten. Dann sagte er sich aber, das Risiko sei zu hoch; er habe seinen Auftrag schon mit dem Finden der Unterlagen erfüllt. Die Lösung schien so leicht und naheliegend, dass er sich überlegte, warum niemand sonst darauf gekommen war.
Oder kannte man die Lösung längst und fürchtete sich nur vor den Konsequenzen, weshalb man einen unbedarften Sündenbock gesucht und gefunden hatte, damit der den Ausdruck startete? Eine anschließende Löschung wurde dem naiven Laien sicher leichter verziehen werden als den kompetenten Mitarbeitern. Wieder drehte er sich im Kreis und war

bei den großen Unbekannten angelangt, deren Existenz er längst als Hirngespinst abgehakt wähnte. Martin stand entschlossen auf, schaltete den Bildschirm aus und ging mit Toms Tasche unter dem Arm auf den Flur hinaus.

Die Tür am Ende der steilen Treppe war verschlossen. Martin überlegte kurz, wo er nach dem Schlüssel suchen könnte, rüttelte noch einmal an der Tür, als hoffe er, sich getäuscht zu haben, aber die Tür gab nicht nach. Was mochte dahinter liegen?

Er dachte an seinen Traum und daran, dass P.K. Norder darin hier oben gestanden hatte. Dann musste er bei dem Gedanken lächeln, dahinter liege vielleicht nur eine Toilette oder ein Duschraum verborgen.

Während er die Treppenstufen hinunterstieg, fiel sein Blick auf das Bild der Institutsmitglieder, von denen nun zweieinhalb tot waren. Statistisch gesehen war das genau die Hälfte oder fünfzig Prozent.

Ein Beweis mehr, dass Mathematik nicht die Lösung zu allen Problemen bot. Sie bot vielmehr die exakte Beschreibung von unexakten Beobachtungen und Vorstellungen, deren scheinbar logischer Zusammenhang sich von dem kausalen Zusammenhang oft unterschied. Es gab nie einen mathematischen Grund, warum etwas so war und nicht anders, dafür aber unzählbare philosophische Gründe. Philosophische Abgründe.

Martin grinste seinem Spiegelbild zu, das schemenhaft auf dem Bilderglas zu erkennen war, als gehöre er nun auch zu den Mitarbeitern. Er schaute durch die offenstehende Tür in Norders Büro und betrachtete nachdenklich den Schreibtisch, sah sich die Schubladen aufbrechen und in geheimen Unterlagen blättern, schüttelte dann aber den Kopf und stieg wieder ins geliehene Auto. Er schaute durch die Frontscheibe, die mit Insektenleichen verklebt war, auf das Gebäude und überlegte, wozu er denn nun den Schlüssel suchte. Die Suche nach den Unterlagen war unmerklich aus dem Zentrum der Geschehnisse in die Randzonen seiner Überlegungen gerutscht. Sie war zu einer gut bezahlten Nebensache geworden. Obwohl es naiv war zu glauben, jemand könne dafür 30.000 Euro bezahlt haben. Entweder bedeutete dieser Betrag im Zusammenhang mit den Hintergründen nichts oder fast nichts, oder aber die Aufgabe war dem Betrag angemessen, nur er, Martin, hatte die Aufgabe noch nicht erkannt. Auf der Fahrt zum Krankenhaus ertappte er sich dabei, nach großen, dunklen Limousinen mit deutschen Kennzeichen Ausschau zu halten. Als könne er jemand für seine Verwirrung verantwortlich machen. Er hatte den verschwundenen Sohn eines Industriellen wiedergefunden, ihn von der Vergeblichkeit eines gammeligen Hippie-Lebens überzeugt und zum Vater zurückgebracht. Da war er das Geld wert gewesen. Er hatte den Nachlass eines Exzentrikers schon zu dessen Lebzeiten geregelt, ohne die Hinterbliebenen wissen zu lassen, dass der erhoffte Todesfall noch gar nicht eingetreten war. Und das nur, weil der reiche Mann seine Erben auf den Tod fürchtete. Wahrscheinlich war er damals sein Geld auch wert gewesen, obwohl er Zweifel gehabt hatte. Aber das konnte auch daran gelegen haben, dass es sein erster Auftrag gewesen war.

Er hatte eine gut betuchte Segel-Crew auf einen Törn begleitet und war sich bis heute nicht sicher, wofür er sein Geld bekommen hatte. Wirklich nur zur Vermeidung des Äußersten, wie es formuliert worden war? Er hatte nie herausgefunden, worin das Äußerste hätte bestehen können. Er hatte Menschen kennengelernt, die sich ihn als Gewissen oder als Alibi gekauft hatten, und auch Menschen, die ihn als anonymen Schutzengel oder als stillschweigenden Stellvertreter missbraucht hatten. Dabei hatte er gelernt, das Geld nicht mehr in Bezug zu seiner Tätigkeit zu setzen, seine Zweifel aber damit zu unterdrücken. Genaugenommen hatte er gelernt, nach Regeln zu spielen, ohne nach diesen Regeln zu fragen. Wahrscheinlich war er deshalb sein Geld wert. Schweigen ist Gold, Martin Silber.

Er hatte schon einmal längere Zeit in einem Krankenhaus verbracht, als er die Gattin eines lebenslustigen Bankiers von ihren Selbstmordversuchen hatte abbringen müssen, ohne selbst zum Stellvertreter zu avancieren. Das war eine schwierige Aufgabe gewesen, die ihn oft genug in Versuchung geführt hatte.

Martin sah auf die schlanke Gestalt von Rodriguez, der die blasse Hand des vermummten Computerspezialisten hielt. Er begann sich zu fragen, ob nicht auch in diesem Fall Verzweiflung, Angst und irrationale Wünsche und Hoffnungen eine größere Rolle spielten als alle rationalen Überlegungen. Wenn es darum gegangen war, dann war er immer sein Geld wert gewesen.

"Wo bist du so lange gewesen?" Rodriguez begann die Sachen aus der Sporttasche in den schmalen Schrank zu sortieren. Er tat dies mit schnellen und sicheren Bewegungen, die Martin an die einer Frau erinnerten.

"Wir können im Moment hier nicht viel tun." Rodriguez blickte auf die Gestalt im Bett und nagte an der Unterlippe, als ringe er mit einer Entscheidung. Seine schlanken, braunen Hände schlugen ein mysteriöses Zeichen über dem fast Toten, bevor er sich kommentarlos umdrehte und das Zimmer verließ. Martin folgte ihm und dachte an Exorzisten und schwarze Messen. Sie hinterließen die Adresse und Telefonnummer, unter der sie zu erreichen waren, und fuhren zu Rodriguez' Wohnung, deren sonnenüberflutete Terrasse einen angenehmen Kontrast zu dem dunklen Krankenhauszimmer bildete.

"Was sollen wir machen?" Martin fühlte mit den Sonnenstrahlen auch seine Lethargie verschwinden.

"Ich fürchte, wir können Tom nicht helfen. Aber vielleicht sollten wir versuchen, die angefangene Arbeit für sie zu beenden." Rodriguez sah ihn an, als überlege er, ob Martin dazu geeignet sei.

"Welche Arbeit? Und was heißt *sie*?"

Rodriguez zuckte mit den Schultern und neigte den Kopf zur Seite, als wolle er sagen: "Das liegt doch auf der Hand." Er lehnte sich an das Geländer, blickte aufs Meer, und Martin hörte ihn sagen: "Heute Abend werden wir es einfach versuchen, und du wirst mir dabei helfen."

15

Schweigend gingen sie die Strandpromenade entlang, dann durch die engen und jetzt am Abend von Bar- Reklame erleuchteten Gassen zum alten Hafen. Hier tranken sie einen Espresso und gingen dann entschlossen hinunter zum Strand, dem sie nur folgen mussten, um hinter dem Museum und dem Institut anzugelangen. Martin hatte sich gewundert, dass sie zu Fuß gehen sollten, aber er hatte nur zustimmend genickt und Rodriguez beobachtet, der ihm verändert schien. Auf dem feinen Sand, der den Strand von Empuries bildete, nur unterbrochen von den Überresten der alten Hafenmole, die noch von den Römern gebaut worden war, saßen die Einheimischen und grillten. Jeder Familienclan, vertreten durch Mitglieder aller noch lebenden Generationen, hatte seine eigene Feuerstelle. Vom Hafen wehte aus einer der Kneipen Musik herüber, die leiser wurde, je näher sie dem Institut kamen.

Es hätte ein unverfänglicher Abendspaziergang sein können, um den angenehm kühlen Abendwind auszunutzen oder um den Mücken zu entfliehen, die aus dem Sumpfgebiet von Ampuriabrava herüberflogen. Aber Rodriguez wusste es besser, und Martin konnte es immerhin vermuten. Ein Gruß wurde zu ihnen herübergerufen und von Rodriguez erwidert. Der Geste nach zu urteilen, die darauf folgte, ein anzüglicher Zuruf. Martin bemerkte den federnden Gang von Rodriguez und überlegte, ob der feminin auf ihn wirkte. Sie überquerten den nun leeren Museumsparkplatz. Nur das Rauschen der Wellen und das unheimliche Zirpen der Zikaden, von Zeit zu Zeit abrupt unterbrochen, um dann plötzlich mit unverminderter Stärke wieder zu beginnen, begleitete sie bis vor den Zaun, der Museum und Institut voneinander trennte.

Zwischen den stacheligen Büschen und dem rostigen Zaun folgten sie einem Trampelpfad, krochen durch eine Lücke im Zaun und schritten am Swimmingpool vorbei auf das Haus zu, das im Mondlicht bleich vor ihnen lag. Martin fühlte sich beobachtet, als würde hinter den dunklen Fenstern, die wie tote Augen im Mondlicht blinkten, jemand auf sie warten. Die Situation kam ihm unwirklich und fremd vor. Er fragte sich, warum sie, obwohl sie einen Schlüssel besaßen, still und heimlich durch den Hintereingang eindrangen wie zwei Einbrecher. Möglicherweise, ja sogar sicher, gab es eine Alarmanlage, die Rodriguez natürlich kannte und außer Betrieb setzen musste.

Auf einem schmalen und stockdunklen Flur gelangten sie in die Halle. Martin stieß sich den Ellenbogen und spürte, wie der Arm sein Gefühl verlor. Er folgte Rodriguez, der sich traumwandlerisch sicher im Dunkeln zurechtfand, die Treppe empor. Die Finger begannen zu kribbeln, und der Schmerz im Arm ließ langsam nach.

"Du kannst mit dem Computer umgehen?" Rodriguez flüsterte, obwohl außer ihnen sicher niemand im Haus war. Es war mehr eine Feststellung als eine Frage, und Martin schaltete Klaus Wegmanns Computer ein, so wie er das nachmittags schon gemacht hatte. Das Flimmern des Bildschirms erhellte den Raum. Martin musste an ein großes Auge denken. Rodriguez stieg mit beiden Füßen auf das Sofa, das unter seinem Gewicht bedenklich knackte, und tastete mit einer Hand den oberen Rand des Hafenbildes entlang. Er schien das gefunden zu haben, von dem er gewusst hatte, wo es verborgen lag.

Martin folgte ihm gespannt auf den Flur hinaus, obwohl er ahnte, wohin er ging.

Mit dem Schlüssel, den er auf dem Bilderrahmen gefunden hatte, öffnete Rodriguez die Tür zu dem Raum, an der Martin nachmittags noch vergeblich gerüttelt hatte. In dem kleinen Raum direkt unter der Dachschräge stand ein Stuhl, der Martin entfernt an einen Zahnarztstuhl denken ließ. Ein Kabelgewirr, im Dämmerlicht kaum zu unterscheiden von den Dielenbrettern, lief von ihm weg auf einen Kasten in der Wand zu, auf dem kleine rote Lichter blinkten und zuckten. Bei näherem Hinsehen bemerkte Martin am Ende der Kabel

einen Kopfhörer, der mit einer glitzernden Metallschleife verstärkt wurde und in einer schlaff herunterhängenden Badekappe auslief. Rodriguez ging auf den Stuhl zu und nahm Kappe und Kopfhörer von der Stuhllehne. Während er sich den Hörer auf dem Kopf zurechtrückte, reichte er Martin einen zerknüllten Zettel.
"Hier steht alles drauf, was du eingeben musst." Er grinste, was seinem Gesicht im Dunkeln einen dämonischen Ausdruck verlieh. "Ich habe jedes Mal, wenn ich dabei war, genau darauf geachtet und hinterher notiert."
Sein Kichern ließ Martin zusammenfahren. Er blickte sich um, aber niemand stand hinter ihnen. Durch die offene Tür von Klaus Wegmanns Büro am Fuß der Treppe fiel das grünliche Licht des Computerbildschirms. "Du musst die Zeit genau einhalten, das ist besonders wichtig." Rodriguez versuchte, sich an etwas zu erinnern und schüttelte den Kopf, was den Kopfhörer klappern und die an der Kappe befestigten Drähte schwirren ließ.
"Ach, noch etwas." Er kramte aus seiner Hosentasche etwas Dunkles hervor und reichte es Martin. "Falls etwas schiefgeht." Nun zog er den Stuhl zu dem Kasten an der Wand heran, setzte sich darauf und tastete mit der Hand, ob er die Schalter auf dem Kasten auch erreichen konnte. "Okay, das wird gehen. Ich bin bereit." Er stieß die Luft aus.

"Wenn du unten fertig bist, rufst du kurz zu mir hoch, ich zähle dann bis zehn und lege den Schalter um." Rodriguez räusperte sich. "Und vergiss nicht: Es ist ungemein wichtig, die Zeit einzuhalten." Er machte eine kurze Pause und beugte sich zu Martin vor. Eine Hand umschloss mit eisernem Griff sein Knie. "Wenn etwas schief geht, dann gib mir aus der kleinen Flasche zu trinken. Denk daran, es muss dann schnell gehen."

"Bist du sicher, dass du weißt, was du tust?"

"Glaub mir, wenn einer das weiß, dann bin ich es. Los mach schon. Wir wollen keine Zeit verlieren."

Martin ging kopfschüttelnd die Treppe hinunter, setzte sich vor den Bildschirm, stellte die kleine braune Flasche in Reichweite daneben und versuchte, den zerknüllten Zettel zu entziffern.

"Ich fang jetzt an." Seine Stimme war lauter, als er gewollt hatte, und er zuckte erschrocken zusammen.

Konzentriert begann er, die Vorgaben vom Zettel in die Tastatur zu tippen. Der Bildschirm füllte sich mit Balken und Diagrammen, am unteren Rand erschien eine Zeitskala.

"Ich bin so weit." Martins Stimme klang belegt. Auf was hatte er sich hier eingelassen? Von oben hörte er Rodriguez langsam von zehn ab rückwärts zählen. Dann, als Rodriguez bei null ankam, drückte er die Return Taste.

Achtung! Mustererkennung beginnt.

Eine Linie zuckte in einer Box am oberen Rand über den Bildschirm. Der Zeitbalken am unteren Rand bewegte sich unaufhaltsam und gleichmäßig zurück. Martin hörte im Nebenraum etwas tickern. Eine rechteckige Fläche begann zu blinken. Der Bildschirm füllte sich mit Mustern aus Buchstaben und Ziffern, die über ihn hinwegrasten, von unteren zum oberen Rand. Sie ähnelten der Schrift in Wegmanns Aufzeichnungen, dem Code, den er nicht hatte entziffern können. Martins Augen begannen zu tränen. Er versuchte nicht mehr, den dahinrasenden Zeichenkolonnen mit den Blicken zu folgen, sondern konzentrierte sich auf die unterste Bildschirmzeile.

Mustererkennung abgeschlossen.

Der Bildschirm wurde kurz schwarz, der Raum, seiner Lichtquelle beraubt, wurde dunkel. Als der Bildschirm sich sofort danach wieder mit Zeichen füllte, schloss Martin einen Moment geblendet die Augen.

Musterübertragung bereit!

Am unteren Bildschirmrand blinkte eine Zeile:

Max. Belastung bei 60 %, sofort unterbrechen'

Ein Diagramm wurde dargestellt. Martin zuckte zurück. Beinahe hätte er schon unterbrochen, aber das Diagramm war noch leer. Es wurde noch keine Belastung angezeigt. Er lauschte kurz nach oben, konnte jedoch nichts hören. Dann drückte er entschlossen die Taste. Er glaubte, Rodriguez stöhnen zu hören. Ein Schweißtropfen fiel von seiner Stirn auf die Tastatur. Die Belastungsanzeige begann zu steigen: Der Balken hielt kurz bei 10 %, bewegte sich weiter, hielt kurz, fiel wieder ab und näherte sich der nächsten Marke. Martin versuchte, gleichzeitig den Balken im Auge zu behalten und auf Geräusche von oben zu achten.

Mit der linken Hand griff er nach der kleinen braunen Flasche, seine schweißnassen Finger schlossen sich um das kühle Glas. Der Balken zitterte bei 40 %. Sein rechter Zeigefinger schwebte über der Tastatur und zitterte mit. Die Belastungsanzeige begann wieder langsam abzufallen. Martin schluckte, sein Mund fühlte sich an, als hätte er sich mit Sand gefüllt.

Noch immer war von Rodriguez nichts zu hören. Er glaubte, den Stuhl knacken zu hören, als hätte Rodriguez sein Gewicht verlagert. Sein rechter Arm, halb über der Tastatur erhoben, begann zu schmerzen. Er stützte das Handgelenk vorsichtig an der Tischkante ab. Die Hand mit dem ausgestreckten Zeigefinger zitterte weiter. Jetzt nur keinen Krampf kriegen. Wie lange dauerte es denn schon?

Sein Blick glitt den Bildschirm entlang zu einer anderen Anzeige. Schon zwei Minuten und dreiunddreißig Sekunden. Die Belastungsanzeige schnellte plötzlich hoch. Er hörte oben den Stuhl polternd umfallen. 80 %!

Der Finger stach auf die Tastatur hinunter. Die Anzeige fiel zusammen. Martin sprang auf, stieß gegen den Türrahmen und hastete die Treppe hoch. Sein rechtes Schienbein streifte schmerzhaft die letzte Stufe, er fiel direkt in der Tür auf die Knie, schnappte mit der Hand nach der Flasche, die er beinahe verloren hätte, und fing sich mit der anderen Hand an der Wand ab. Rodriguez lag zusammengekauert neben dem Stuhl und wälzte sich hin und her. Seine Hände und Füße scharrten über den Boden. Martin versuchte, den Kopf festzuhalten und bekam einen Schlag in den Unterleib. Er wälzte sich auf den um sich schlagenden Körper und versuchte, die Flasche an Rodriguez' Mund zu führen. Außer ihrem Scharren und Keuchen war nichts zu hören. Die Zähne schlugen an den Flaschenhals.

Martin verstärkte den Druck und zog den Kopf an den schweißnassen Haaren nach hinten. Rodriguez hustete und wälzte sich herum, Martin rutschte nach und stieß mit dem Gesicht auf den Boden.

Der Schmerz machte ihn wütend und gab ihm neue Kraft.

Er riss Rodriguez' Kopf herum und stieß mit der Flasche zu, hielt sie senkrecht. Die dunkle Flüssigkeit rann die Mundwinkel hinab, aber sie wurde auch hustend geschluckt. Der Widerstand ließ nach.

Er unterbrach kurz, ließ Rodriguez Luft holen und leerte den Rest der Flasche in den offenen Mund.

Das Gesicht war schweißüberströmt und verzerrt. Die Augen, weit aufgerissen, flackerten hin und her. Der Atem ging in kurzen, ruckartigen Stößen. Hyperventilation. Er wusste es, hatte darüber gelesen.

Aber was musste man dagegen tun? Er erinnerte sich nicht! Rodriguez' Kopf zuckte mit den Augenbewegungen hin und her. Ein tiefes Husten erstickte das hektische Keuchen.

Martin ließ den Kopf, den er mit verkrampftem Arm hochgezerrt hielt, vorsichtig auf den Boden hinunter und drehte das Gesicht zur Seite. Jetzt bloß nicht ersticken!

Der Körper wälzte sich zur Seite, die Füße rutschten über den Boden, er versuchte sich aufzurichten und kam auf die Knie. Martin griff unter die Schultern und half nach. Schwankend standen sie in dem dunklen Raum. Die roten Lämpchen auf dem Kasten an der Wand blinkten.

Sie stolperten aus dem Raum, kamen bis zur ersten Treppenstufe, dann brach Rodriguez zusammen. Die Beine knickten ein, der Oberkörper rutschte an Martins Arm hinunter. Martin ließ ihn vorsichtig auf den Boden gleiten und setzte sich neben ihn.

Der Atem ging jetzt wieder ruhiger, fast normal. Die Augenlider waren geschlossen, schienen aber noch zu zucken. Die linke Hand hatte sich in Martins Hemd verkrallt und ließ nicht los. Martin schaute von dem fast leblosen Körper neben sich in den Raum mit den roten Lichtern, dann hinunter auf den grünen Lichtschein, der aus dem Büro fiel. Was, um alles in der Welt, hatten sie hier angestellt?

Er hörte Holz knacken, und, aus der Ferne vom Strand, den melodischen Gesang einer männlichen Stimme, die vom Wind mit den Geräuschen der Brandung herangetragen wurde. Er spürte, wie der Griff um sein Hemd sich etwas lockerte, saß einfach da und versuchte, einen klaren Gedanken zu fassen. Aber es war schwarz und still um ihn herum und genauso leer in seinem Gehirn. Sein Pulsschlag hämmerte hinter der Stirn, er lehnte sich zurück an die Wand und starrte in die dunkle Halle hinunter, ohne etwas zu sehen, außer dem Mondlicht auf dem Wasser des Swimmingpools.

16

Martin hatte auf der obersten Treppenstufe gesessen, den linken Arm um den erschöpften Rodriguez gelegt, hatte gefühlt, wie sein Arm zu schmerzen begann und das Blut kribbelnd zirkulierte. Nach einiger Zeit war der Arm eingeschlafen und gefühllos geworden. Er hatte auf die vom Wind gekräuselte Wasseroberfläche im Swimmingpool gestarrt, als könnte er dort etwas anderes entdecken als das verzerrte Abbild des Mondes, der von Zeit zu Zeit hinter einer Wolke verschwand und dann wieder auf dem Wasser zuckend zu schwimmen begann.

Die ruhigen und kräftigen Atemstöße an seiner Schulter hatten ihn zugleich beunruhigt aber auch beruhigt. Rodriguez schien sich zu erholen von dem Experiment. Martin hatte versucht, darüber nachzudenken, welchen Erfolg ihr Experiment gehabt haben könnte, aber seine Gedanken waren von der spiegelnden Fläche im Garten angezogen und gefangen worden. Jetzt, da er wieder auf seinem Balkon saß, ebenfalls auf eine glitzernde Wasserfläche schauen konnte, wollte sich die Erinnerung an das Geschehene seinem nüchternen Verstand entziehen, wie das gespiegelte Mondlicht sich den Augen entzogen hatte.

Nach einiger Zeit, während der Martin nur auf den Swimmingpool geschaut hatte, ohne etwas anderes wahrzunehmen als das Spiel zwischen Licht und Wellen, hatte sich Rodriguez energisch bewegt, an Martins gefühllosem Arm aufgerichtet und hatte versucht, die Treppe hinab zu steigen. Martins Bemühen, ihn die Treppenstufen hinabzuführen, hatte eher einem stummen Kampf als einer Hilfe geähnelt. Ohne ein Wort zu wechseln, waren sie über den Rasen geschwankt.

Martin hatte kurz auf den Swimmingpool geblickt, dessen Wasserfläche jetzt kein Mondlicht reflektierte, als hätte es auch vorher keines gegeben. Vor dem Zaun hatten sie angehalten, und Rodriguez hatte ihm schwer atmend erklärt: "Den Rest muss ich jetzt allein versuchen."

Er hatte Martins Widerspruch mit einer Handbewegung erstickt, war durch den Zaun gekrochen, hatte sich wieder aufgerichtet und war schwankend im Dunkel verschwunden.

An den Weg zurück konnte sich Martin kaum erinnern. Er hatte Menschen am Strand und in den engen Gassen der Altstadt um sich gespürt und sie sicher auch gesehen, hatte sich durch Lichter und Gespräche, Musik und Autolärm bewegt, aber ihm fehlte dennoch jede konkrete Erinnerung, die er sich ins Gedächtnis hätte zurückrufen können.

In seiner Wohnung hatte er sich ein Glas gefüllt, es hastig leer getrunken und nur gespürt, dass es Alkohol war, weil es brannte, und hatte sich dann auf dem Balkon in den Sessel geworfen. Seine Augen waren mit den Lichtern auf dem Meer, seine Hände mit dem Glas und den Aufzeichnungen von Klaus Wegmann beschäftigt, während seine Gedanken zwischen den Geräuschen auf den anderen Balkonen und den Vermutungen hin und her irrten, was Rodriguez auf dem Museumsgelände nun anstellen mochte. *Gralssuche.*
Das Wort war unvermutet in den Aufzeichnungen aufgetaucht, Martin hatte es überlesen, ihm keine Bedeutung zugestanden und es wieder vergessen, bis er im Dunkeln auf dem obersten Treppenabsatz gesessen und das Mondlicht auf der Wasseroberfläche des Swimmingpools ihn daran erinnert hatte.
Gralssuche. Das Wort hatte ihn den Weg zurückgetrieben, hatte ihn den Weg nicht wahrnehmen lassen, hatte ihn alles ignorieren lassen, bis er jetzt den Finger auf die Textstelle legen konnte, an der es zum ersten Mal aufgetaucht war.
„Warum muss eigentlich immer alles einen Namen haben? Wir neigen dazu, alles, was wir benennen können, erst dann als existent und wirklich zu betrachten, wenn wir ihm einen Namen gegeben haben. Erst dann, mit seinem Namen, wird es messbar, zählbar und beweisbar.

Früher hat es mich mit Stolz erfüllt, mit jedem Tag mehr zu wissen. Heute dagegen befriedigt es mich, wenn ich feststelle, dass ich etwas nicht weiß.

Ich weiß weniger, aber verstehe mehr.

Corry ist der Ansicht, dass wir alle auf einer Gralssuche sind.

Dabei spielt es keine Rolle, ob wir den unterirdischen See, die heilige Schale oder das universelle Gesetz suchen. Die Suche allein ist entscheidend, sagt sie.

Tom findet hinter seinen grafischen Gebilden die Existenz einer Ordnung im Chaos.

Terry vermutet, der Gebrauch von unbekannten Regeln halte unser Leben in seinen Bahnen. Ein erschreckend antiquiertes Modell: die Menschen auf Umlaufbahnen um den Sinn des Lebens.

Julian sucht in allem, was ihm begegnet, nur sich selbst. Oder das, wofür er sich hält. Nein, ich glaube, er sucht sich so, wie er sich gerne sähe.

Ein ziemlich reduktionistisches Weltbild.

Norder bestätigt tagtäglich sich und seine Fähigkeit, Menschen zusammenzuführen, ihre Möglichkeiten klar zu erkennen und fast visionär zu erkennen, was sich daraus ergeben könnte, wenn er sie zusammenbringt. Er ist ein Ideen- und Seelenverkäufer.

Wenn ich nicht wüsste, dass er weit davon entfernt ist zu begreifen, was unser privates Experiment wirklich bedeutet, müsste ich annehmen, er habe uns aus keinem anderen Grund zusammengeführt, als genau dieses Experiment durchzuführen.

Dabei nehme ich an, dass er von unserem privaten Experiment nichts weiß oder zumindest nichts wissen will. Denn trotz all unserer Vorsichtsmaßnahmen kann er eigentlich nicht mehr unwissend sein. Ich vermute eher, er denkt darüber nach, wie er unsere wissenschaftliche Arbeit vorantreiben und zum Abschluss bringen kann, bevor unser privates Experiment Erfolg zeigt. Dabei müsste auch er eigentlich Interesse daran zeigen. Ich bin sicher, er würde einen Markt dafür finden.

Er ist in der verzweifelten Lage, die Geister, die er rief, nicht mehr los zu werden.

Wenn ich mir überlege, wie es zu unserer Gralssuche kommen konnte, trägt eigentlich jeder von uns ein Stück Verantwortung: Corry als Ideenlieferant, Terry und Tom als Konstrukteure, Julian als Katalysator und nicht zuletzt Rodriguez, der das Tor zu einer neuen Dimension geöffnet hat, ohne zu wissen, was er damit anstellen würde.

Oder hat er das gewusst, als er uns seinem Onkel vorstellte? Aber wie sollte er den theoretischen Ansatzpunkt verstanden haben, ohne etwas von Chaosforschung, von linearen und

parallelen Prozessen, von Computersimulationen und neuralen Netzen zu verstehen?
Dabei ist alles so einfach. Es ist leicht zu erkennen und liegt eigentlich auf der Hand: In unserer komplexen Welt, in der immer und überall die Prozesse parallel ablaufen und sich überlagern, sich gegenseitig beeinflussen oder sogar bedingen, in dieser Welt sind alle linearen Erklärungsmodelle zum Scheitern verurteilt.
Natürlich ist es richtig, Einzelmomente zu untersuchen, sie auf das Wesentliche zu reduzieren, um Modellvorstellungen zu entwickeln. Aber es darf eben nicht der Fehler gemacht werden, unsere einfachen und linearen Vorstellungen auf die komplexe Wirklichkeit zu übertragen.
Das ist eben der Unterschied zwischen unserer wahrscheinlichen Wirklichkeit, die erklärbar, berechenbar, weil benennbar ist, und der möglichen Wirklichkeit, zu der wir nur mit äußerster Anstrengung gelangen, wenn wir außer dem Wahrscheinlichen auch das Denkbare und Mögliche ins Kalkül ziehen.
Und selbst damit erreichen wir nur einen kleinen Ausschnitt der Wirklichkeit.
Denn was liegt noch alles hinter der Grenze, über die wir nicht hinwegdenken können?
Ich merke, ich falle immer mehr in Corrys Jargon.

Vor ein paar Jahren hätte mich das noch geärgert, hätte mich an mir selbst zweifeln lassen.

Ihre Suche nach einer anderen Wirklichkeit war damals ein interessantes Gedankenmodell, das meine Ideen zugleich schärfte und abschliff.

Sie auf ihrem unwissenschaftlichen Seitenpfad ein Stück zu begleiten war zugleich eine willkommene Abwechslung und Erholung.

Wer konnte damals wissen, dass es mehr als nur eine Marotte sein würde?

Jetzt sind wir ihr alle gefolgt, und ich werde den Verdacht nicht los, sie kennt den Weg gar nicht, sondern folgt bedingungslos denen, die ihr diesen Weg gezeigt haben, nämlich Rodriguez und seinem Onkel.

Je länger wir ihn kennen, je mehr Gedanken wir uns über ihn machen, desto undurchschaubarer wird er. Zunächst war er nur der einfache Spanier, der über gute Deutschkenntnisse verfügte, dann stellte sich heraus, dass er über gewisse andere Talente und, mehr noch, durchaus über ein solides Allgemeinwissen verfügte. Heute bin ich fast bereit, ihm zu unterstellen, er alles versteht alles, von dem wir immer nur haben wissen wollen.

Das mag immer noch der Unterschied zwischen Mystikern und Wissenschaftlern sein: Die einen benötigen ein festes Gerüst von Namen und Worten, um ein sicheres System von

Wissen zu beschreiben, den anderen reicht es, eine Vorstellung davon zu haben, wie es wirklich ist.

Heute kann ich mich ohne zu erröten fragen, worin sich diese Wirklichkeiten unterscheiden, und ich wage zu spekulieren, wie eine mystische Wissenschaft einmal ausgesehen haben mag und wie sie heute wieder aussehen könnte.

Wahrscheinlich sind wir in dem Moment auf seinen Weg eingeschwenkt, als wir den Pfad der Reduktion und Abstraktion verlassen und uns in dem weiten Feld von Vorstellung und Einbildungskraft verlaufen haben.

Jetzt sind wir, genau wie er, auf einer Gralssuche."

Martin legte das Buch auf die Knie und griff nach dem Glas, das er mit Brandy füllte. Er konnte sich nicht daran erinnern, ob er ihn selbst gekauft hatte oder ob er noch aus den Beständen von Klaus Wegmann stammte. Er las weiter, blätterte die detaillierten Beschreibungen des Versuchsaufbaus und die theoretischen Abhandlungen beiseite, um schneller zu der Antwort auf seine Frage zu gelangen, worin denn nun das Experiment bestand, und schaute dann auf das Meer, als würde es ihm bei dieser Frage helfen. Sicher war, dass sie gleichzeitig an zwei Experimenten gearbeitet hatten: dem offiziellen, der Schaffung einer quasi intelligenten Maschine, und dem inoffiziellen, bei dem sie die Fähigkeiten dieser Maschine für ihre eigenen Zwecke missbrauchten.

Sie hatten gar nicht die Absicht gehabt, einen künstlichen Experten zu schaffen, der die Wirklichkeit anders verstand. Wie hätten sie den denn auch verstehen sollen, wenn er in einer anderen Wirklichkeit zu leben begonnen hätte als in ihrer? Nein, sie waren auf die Idee gekommen, ihre eigenen Vorstellungen von diesem Experten neu bearbeiten und strukturieren zu lassen, um sie dann wieder auf sich selbst zurück zu übertragen.

Der Begriff der künstlichen Intelligenz wurde gewissermaßen verdreht und von den Beinen auf den Kopf gestellt. Nicht der künstliche Experte war ihr Ziel gewesen, sondern mithilfe der Technik die Schaffung von menschlichen Experten. Martin erinnerte sich an die Geschichte vom Golem und spülte mit dem Brandy den Geschmack von *künstlichmenschlich* herunter. Erinnerungen an Gruselfilme überfielen ihn und Bilder von irrealen Kunstprodukten, die ihn oft noch lange nach dem Film verfolgt hatten. Jeder von ihnen hatte seine Vorstellungen aufzeichnen, von Harry bearbeiten und dann wieder auf sich selbst übertragen lassen. Jeder hatte diesen Selbstversuch unternommen. Es musste eine Stimmung geherrscht haben wie bei jungen Studenten, die zum ersten Mal mit bewusstseinserweiternden Drogen experimentierten.

Martin fragte sich, welche Vorstellungen aufgezeichnet worden waren, es gab so viele.

So detailliert die Aufzeichnungen von Klaus Wegmann auch waren, es fehlte ein Hinweis darauf, wie das Experiment bei jedem Einzelnen verlaufen war, welcher Erfolg oder Misserfolg sich eingestellt hatte.

Allein, was von dem Team übrig geblieben war, sprach seine eigene Sprache: Julian war verschwunden, Terry verreist, Corry und Klaus Wegmann gestorben, Tom auf dem besten Weg dahin. Es blieben nur noch Norder und Rodriguez. Norder war offensichtlich daran interessiert, das offizielle Experiment abzuschließen, um damit das andere vergessen zu machen, und dazu benötigte er Martins Hilfe. Was Rodriguez anging, blieben Martins Vermutungen hilflos und unbestätigt. Er versuchte, sich vorzustellen, wie Rodriguez über das Museumsgelände wankte, einen bestimmten Ort suchte und auch fand, der für seine Erkenntnisse wichtig war, dachte an mythische Zeremonien, an Gesang und Tanz, verwarf diese Gedanken jedoch wieder. Sie wollten nicht zu dem kühnen und doch so kühlen Experiment passen.

Computersystem und Kabbalistik?

Martin begann, sich Sorgen über Rodriguez' Gesundheit zu machen, spülte den Impuls, ihm auf das Museumsgelände zu folgen, jedoch mit einem weiteren Brandy hinunter. Seine Aufgabe bestand darin, die komplexe Situation zu verstehen, nicht jedoch darin, andere Menschen von Dingen abzuhalten, die sie eigenverantwortlich in Gang gebracht hatten. Er hoffte, dass Rodriguez wusste, was er tat. Ein weiterer Brandy überzeugte ihn davon, und er begann darüber zu philosophieren, inwiefern nicht nur Schweigen Gold bedeuten konnte, sondern auch Zusehen und geschehen lassen, was geschehen musste. Seine Zeit als eifriger Missionar, der alle Menschen vor Übel bewahren wollte, lag lange hinter ihm.

17

Martin hatte damit gerechnet, mit brummendem Schädel und pelziger Zunge aufzuwachen, aber am anderen Morgen fühlte er sich so klar und frisch wie selten zu dieser Tageszeit. Der Brandy zeigte nicht nur keine Nachwirkung, er schien obendrein seinen Allgemeinzustand positiv zu beeinflussen. Die Erlebnisse des vorherigen Abends waren eng mit wirren Träumen der letzten Nacht verwoben, und Martin hatte ernsthaft Schwierigkeiten, Traum und Wirklichkeit voneinander zu unterscheiden. Er fuhr zum Institut, fand zu seiner Überraschung jedoch alles aufgeräumt vor. Die Computer waren ausgeschaltet, die Tür zum oberen Raum verschlossen. Nichts deutete darauf hin, dass hier letzte Nacht ein besonderes Ereignis stattgefunden hatte.

Da er vorgehabt hatte, tagsüber schwimmen zu gehen, hatte er unter den gelben Shorts seine Badehose angezogen. Er nutzte die sich bietende Gelegenheit und sprang in das kühle Wasser des Swimmingpools.

Ein leichter Chlorgeruch stieg in seine Nase, er spürte, wie sich seine Augen nach dem Eintauchen ins Wasser zu röten begannen. Ein paar Schritte weiter, und er hätte in die Wellen des Meers laufen können, aber er hatte es vorgezogen, hier allein seine Bahnen zu ziehen. Auf dem Rücken im Wasser liegend, nur mit leichten Armbewegungen den Auftrieb seines Körpers unterstützend, blinzelte er über die Wasserfläche zum Museumsgelände hinüber. Ob sich heute Morgen wieder ein Toter auf dem Gelände finden würde?

Schuldbewusst, als könne er mit seinen Gedanken Unheil heraufbeschwören, stieg er aus dem Pool und legte sich frierend in einen der Liegestühle. Natürlich hatte er sein Handtuch vergessen. Er rieb sich mit dem T-Shirt ab und zitterte ein wenig, wenn der kühle Wind über seine Haut fuhr. Sein Auftrag war ausgeführt. Er brauchte nur nach oben zu gehen und die Unterlagen auszudrucken. Eigentlich hatte er das auch vorgehabt: Erst die Spuren der letzten Nacht beseitigen und dann die Unterlagen ausdrucken oder auf eine DVD zu überspielen.

Irgendetwas hatte ihn davon abgehalten. Sein ohnehin nicht klar umgrenzter Auftrag schien noch nicht erfüllt. Die Sonne begann ihn zu wärmen, er schloss gerade schläfrig die Augen, als der weiße Jeep die Auffahrt hinauffuhr und in der gewohnten Staubwolke zum Halten gebracht wurde. Rodriguez kam lächelnd zu ihm herüber und legte sich neben ihn ins Gras.

"Bevor du dich wieder in die Sonne legst, solltest du dich lieber eincremen."

Nichts an ihm deutete auf besondere Anstrengungen hin, keine Falten im Gesicht, keine Ringe unter den Augen, er sah frisch und munter aus, als käme er von einem ausgiebigen Frühstück nach einer entspannten Nacht.

"Wo warst du?" Martin wusste nichts Besseres zu fragen.

Auf einmal fühlte er sich nicht mehr frisch und gut erholt. Seine Muskeln schmerzten, seine Augen wollten sich schließen, als müssten sie Schlaf nachholen, sein Herz ließ leichte Schläge in der linken Schläfe pochen.

"Ich habe nach Tom gesehen. Es geht ihm besser. Die Ärzte denken, er hat das Schlimmste hinter sich hat. Über Nacht trat eine entscheidende Besserung ein."

Rodriguez nickte zu seinen Worten und bestätigte damit, dass er nichts anderes erwartet hatte. Martin sah einen Äskulap über das Museumsgelände tanzen, Beschwörungen und Lieder rufen, hinüber über das Meer, das Museum und Krankenhaus in L'Escala voneinander trennte. Er schüttelte den Kopf. Der Brandy hatte doch Nachwirkungen.

"Ist Norder zurück?" Eine dumme Frage, wo doch der weiße Jeep vor ihm stand.

"Er ist gestern Abend zurückgekommen." Rodriguez rollte geschickt etwas Tabak in Zigarettenpapier ein und reichte Martin die fertige und angezündete Zigarette. Martin nahm einen tiefen Zug und überlegte, ob es wirklich nur Tabak war. Er konnte keinen neuen, merkwürdigen Geschmack wahrnehmen und schalt sich einen Idioten.

"Norder hat neue Instruktionen erhalten. Es sieht so aus, als solle das Institut in den nächsten Wochen umziehen." Rodriguez betrachtete seine eigene Zigarette, die etwas dünn geraten war, und drehte sie zwischen den Fingern. "Wahrscheinlich kommen Anfang der Woche schon die Experten, um die Computeranlage zu verpacken."

Warum sprach er von Experten? "Etwas überraschend, nicht wahr?"

"Nein, wieso? Es ist vom Team doch keiner mehr übrig, der die Arbeit weiterführen könnte." Rodriguez' Grinsen machte Martin zum Mitwisser. Er versuchte zu überlegen, was er wusste, und verbrannte sich fast die Finger an der Zigarette, die nun zu Ende geraucht war. Wusste man, dass er seinen Auftrag erfüllt hatte, und wollte man ihn nun drängen, das auch zuzugeben, den Auftrag jetzt auch abzuschließen? Oder wollte man ihn einfach abschieben, da er weiter in die Geschehnisse eingedrungen war, als man erwartet hatte?

Vielleicht gab es noch mehr zu sehen. Vielleicht war er erst auf das lose Ende des Knotens gestoßen.

Es wäre doch naheliegender gewesen, neue Mitarbeiter zu schicken und hier weiter zu arbeiten.

Irgendetwas, das er noch nicht zu fassen bekam, wurde ihm vorsichtig weggezogen, bevor er erkennen konnte, um was es sich wirklich handelte.

"Was hast du diese Nacht getrieben?" Martin schaute Rodriguez direkt in die dunklen Augen und versuchte, seinen Blick zu fixieren. Er wollte jetzt eine Antwort.

"Ach, ich habe mich im Colosseum ins Gras gelegt und in den Nachthimmel geschaut." Als wenn das alles gewesen wäre!

"Komm, erzähl mir nichts. Das kann wohl nicht der Sinn des Experiments gewesen sein, sich ins Gras zu legen und in den Himmel zu sehen." Martin war verärgert. Wo blieb das Vertrauen zum Mitwisser?

"Nein, ehrlich. Was hast du erwartet? Dass ich über das Gelände geschwebt bin, durch Mauern und Räume hindurch, die Dimensionen sprengend?" Rodriguez schüttelte mitleidig den Kopf. "Ihr erwartet immer alle sofort ein Wunder, dabei haben wir so viel Zeit."

Genau das, glaubte Martin, hatten sie jetzt eben nicht mehr. Wenn erst das Institut leergeräumt war, die Verantwortlichen verschwunden waren, würde es unmöglich sein, nur mit Hilfe von Klaus Wegmanns Aufzeichnungen weiter zu suchen. Und da war er sich sicher: Es gab noch etwas zu suchen und auch zu finden.

"Was hast du denn von dem Experiment erwartet?"

Rodriguez streckte sich im Gras aus und verschränkte die Arme im Nacken. "Weißt du, ein klein wenig habe ich daran gezweifelt, ob es überhaupt etwas bewirkt. Die Idee scheint absurd zu sein. Das, was du schon immer gedacht hast, nur ein wenig durcheinanderzubringen, damit du dich dann anders fühlst, ist wohl kein aufregend neuer Gedanke."

"Komm, weich nicht aus. Du hast gezweifelt, aber was hat sich verändert?"

Rodriguez lachte. "Ich habe einmal gelesen, dass jedes Buch, das du liest, dich verändert. Selbst wenn es dir nicht gefällt und du es nicht zu Ende liest, es verändert dich doch. Vielleicht ist es so ähnlich."

"Du willst sagen, es hat dich verändert, aber du weißt noch nicht, wie?"

"Warum müssen wir immer sofort sagen können: Es ist so und nicht anders?"

"Spürst du etwas, empfindest du etwas, hat sich etwas in der Welt geändert? Kannst du nun etwas, das du vorher nicht konntest? Du musst es doch beschreiben können?" Vielleicht konnte er das wirklich nicht. Martin fiel auf, dass ihm das Wort wirklich oft in den Sinn kam.

"Es hat doch keinen Zweck. Ich fühle mich wie immer. Nur war die Nacht ganz schön anstrengend. Vielen Dank übrigens für deine Hilfe."

Martin war noch nicht bereit, sich geschlagen zu geben. "Sie wollten erreichen, dass es möglich wird, die Wirklichkeit mit anderen Augen zu sehen. Gewissermaßen aus einem anderen Blickwinkel, der nicht von den gewohnten und starren Denkmustern verstellt wird. Etwas sollte sich an deinem Weltbild geändert haben, wenn der Eingriff gelungen ist."

"Der Mensch ist das Maß aller Dinge, der seienden, dass sie sind, der nicht seienden, dass sie nicht sind."

Martin schaute verblüfft zu Rodriguez hinunter, der neben ihm lässig im Gras lag. Der lachte: "Der Satz des Protagoras. Unser Deutschlehrer hatte eine Vorliebe für griechische Philosophie."

Rodriguez' Schmunzeln verunsicherte Martin, er fühlte sich an der Nase herumgeführt. "Ich kann nicht glauben, dass der ganze technische Aufwand, all die theoretischen Überlegungen, die überzeugend und schlüssig wirken, keinen Effekt gehabt haben sollen. Bei den anderen hat es offensichtlich durchschlagend gewirkt. Du willst mir doch nicht erzählen, dass du immun dagegen bist?"

"Vielleicht bin ich das." Rodriguez schien ernsthaft mit dem Gedanken zu spielen. "Wenn du so überzeugt davon bist, warum machst du das Experiment nicht selbst? Noch ist Zeit genug."

Martin beugte sich vor und betrachtete sein Spiegelbild im Swimmingpool. Der Gedanke war ihm auch schon gekommen. Auf der einen Seite schien das Projekt mehr als nur Spielerei von ein paar exzentrischen Wissenschaftlern zu sein, auf der anderen Seite blieb die Frage, wie ernst man diese Idee nehmen durfte. Er erinnerte sich an Castaneda und den jungen amerikanischen Anthropologen, der bei einem indianischen Medizinmann in die Lehre gegangen war. Der versucht hatte, seinem Lehrer in eine andere Wirklichkeit zu folgen, der dabei das Risiko von Rauschmitteln und Drogen nicht gescheut hatte.

Aber das war eine andere Zeit gewesen. Corrys Zeit. Heute inhalierte man nicht mehr den Rauch von Drogen, sondern verschlang den Mythos von Computern. Fraktale Grafik und Chaosforschung, Künstliche Intelligenz und neurale Netzwerke statt Haschisch, LSD und psychedelischer Musik. Selbst Klaus Wegmann hatte mit Wehmut an diese vergangene Zeit gedacht. Vielleicht hatten sie nur versucht, mit der Technik der neuen Zeit einen Traum, der vergangen war, erneut heraufzubeschwören. Und sie waren daran gescheitert: Corry und Klaus Wegmann tot, Tom mit einem blauen Auge davongekommen, Terry und Julian mochten ebenfalls gescheitert sein. Rodriguez lag neben ihm im Gras und tat unbeeindruckt. Die statistische Wahrscheinlichkeit sprach gegen einen erneuten Selbstversuch. Einer von Sechsen war übrig geblieben.

"Warum hat es bei den anderen so verheerende Wirkung gezeigt und nicht bei dir?"

Rodriguez überlegte einen Moment. Er schien mit der Antwort zu zögern, als müsse er sich die vergangenen Geschehnisse noch einmal ins Gedächtnis rufen. "Corry hat es wahrscheinlich zu oft versucht. Sie war so versessen darauf, dass sie schon Experimente machte, bevor das Übertragungssystem ausgereift war. Außerdem glaubte sie, auf ihr Zeug auch weiterhin nicht verzichten zu können. Sie war der Meinung, es könne nicht schaden. Aber es hat geschadet." Rodriguez schüttelte den Kopf. "Klaus hätte es mit seinem schwachen Kreislauf erst gar nicht versuchen dürfen. Terry war schon vorher ein bisschen verrückt. Julian war einfach zu schwach. Bei Tom hat es mich eigentlich gewundert. Ich habe gar nicht geglaubt, dass er es versuchen würde. Aber offensichtlich hat er es getan."

Es hörte sich an, als spräche ein Experte, der nüchtern die Erfolgsaussichten der Probanden abwog.

"Und was ist mit dir?"

"Ich bin es gewohnt."

Eine verblüffend einfache Antwort. "Was bist du gewohnt?"

Rodriguez zupfte am Gras und ließ es vom Wind wegwehen. "Ich habe mich daran gewöhnt, dass nicht immer alles so einfach ist, wie wir es uns vorstellen. Es ist praktisch, nicht über alles nachzudenken, vieles im Alltag so hinzunehmen, als könnte es nicht anders sein. Aber es ist oft nicht so."
"Du meinst, es gibt mehr um uns herum, als wir wahrzunehmen bereit sind?"
Rodriguez schüttelte den Kopf. "Nicht ganz. Es ist einfach anders."
"Wir leben also in einer Welt, die wir nur so sehen, wie wir es ertragen können, um einigermaßen problemlos darin leben zu können?"
"Es gibt so viele Dinge, über die man sprechen könnte, dass es schwerfällt, sich zu entscheiden, was das Wichtigste ist. Nimm zum Beispiel das Meer, den Strand und die Wellen. Die Menschen kommen hier her, um alles in der Sonne genießen zu können. Sie geben es offen zu, sagen sogar, dies die Dinge sind, wegen denen sie herkommen. Aber für uns, die wir hier leben, bedeutet es einfach mehr. Und wir müssen nicht sagen, warum und wie. Fahr mit mir in die Berge, sieh dir Montserrat an. Vielleicht wirst du begreifen, dass es mehr als nur ein Gebäude vor merkwürdig geformten Bergen ist."
Rodriguez überlegt kurz. "Ich habe vor kurzem ein Buch gelesen, worin erzählt wurde, Christus sei wahrscheinlich nicht am Kreuz gestorben. Er soll eine Familie gehabt haben, die

nach Frankreich geflohen ist. In dem Buch wird beschrieben, wie die Wirklichkeit über Jahrhunderte anders beschrieben wurde, einfach, weil sie so praktischer und ungefährlicher war. Gerade hier bei uns gibt es viele Dinge aus der Geschichte, die ebenfalls anders dargestellt wurden. Das meine ich: Nicht alles, was wir für wahr halten, ist auch immer so gewesen. Nicht alles, was wir für unmöglich halten, ist es auch."

"Und du meinst, das schützt dich vor den Auswirkungen des Experiments?"

Rodriguez zuckte mit den Achseln. "Ich lebe noch, und mir geht es gut."

"Glaubst du, mir könnte es schaden?"

Rodriguez' dunkle Augen schauten ihn an. "Nicht, wenn du richtig vorbereitet bist."

"Und dabei könntest du mir helfen?"

"Sicher."

Beide schauten sie dem Bus nach, der hinter den Büschen auf den Parkplatz einbog, um dort die aufgeregten und schwitzenden Touristen auf das Museumsgelände zu entlassen. Sie würden dort finden, was sie erwartet hatten, oder auch nicht. Geduldig würden sie den Erklärungen der Führer zuhören, ein wenig von dem Duft der Vergangenheit in sich aufnehmen und dann schnell wieder zum Strand zurückkehren.

Martin fragte sich, was ein Rundgang für Rodriguez bedeutete und worin sich seine Empfindungen von denen der Touristen unterschieden. Er fragte sich auch, was ihn selbst von den normalen Touristen unterschied und ob ihn das stark genug machte, das Experiment zu wagen.

18

Martin saß auf dem Stuhl, die feuchten Hände auf den Knien abgestützt, und fühlte sich wie der Delinquent auf dem elektrischen Stuhl. Er hörte Rodriguez unten in Wegmanns Büro hantieren. Durch das schräge Dachfenster fielen die Sonnenstrahlen auf den matt gescheuerten Holzfußboden. Er fragte sich, ob die ganze Vorbereitung für ihn, von der Rodriguez gesprochen hatte, wirklich nur aus diesem zähen, weißen Saft bestehen konnte, den er bereitwillig geschluckt hatte. Der Geschmack hatte ihn an Kokosnuss mit Rum erinnert. Ein wenig beschlich ihn er der Verdacht, es sei auch genau das gewesen. Kein geheimnisvolles, über sensationelle Kräfte verfügendes Gebräu. Einfach ein Schuss Alkohol, der ihn beruhigen sollte. Mit Unmut nahm er wahr, dass seine linke Wade zu zittern begann, und er lehnte sich auf dem Stuhl weiter zurück, streckte die Beine aus. Neben sich, auf dem Blechgehäuse an der Wand, dessen Lichter schon blinkten, stand eine kleine, braune Flasche mit angeschmuddeltem Etikett. Wahrscheinlich dieselbe, mit der Martin Rodriguez geholfen hatte und die auch jetzt wieder dort stand, für alle Fälle. Er hätte sie jetzt gern entkorkt und an ihr gerochen, ihren Inhalt überprüft.

Martin überlegte angestrengt, woran er denken sollte, wenn die Übertragung begann. Nirgends hatte er in Wegmanns Unterlagen einen Hinweis darauf entdecken können. Dabei musste es doch wichtig sein, welche seiner Vorstellungen übertragen, verändert und wieder zurückgespeichert wurden. Rodriguez hatte nur mit den Achseln gezuckt, als er ihn gefragt hatte, woran er denn gedacht habe. Er hielt das nicht für so wichtig. Martin schien genau das der Kernpunkt des Experiments zu sein. Welche seiner Ideen, Vorstellungen und Bilder, welche seiner Vorurteile, welche Empfindung war der Schlüssel zu seiner Wirklichkeit? Sollte es ihnen am Ende gar gelungen sein, auf das Unterbewusstsein zuzugreifen?

Je mehr Fragen er sich stellte, desto unsicherer wurde er. Sich hier einfach auf den Stuhl zu setzen, gleich den Kopfhörer und die Kappe mit ihren Metallstreifen aufzusetzen und eine Prozedur über sich ergehen zu lassen, von der er so gut wie nichts wusste, kam ihm ungeheuer dumm vor. Dann aber sagte er sich, dass auch Rodriguez und die anderen es getan hatten. Irgendwie fühlte er sich Klaus Wegmann und Corry verbunden, gewissermaßen verpflichtet, es ebenfalls auszuprobieren. Das hatte nichts mit seinem Auftrag zu tun. Das war ausschließlich seine eigene Angelegenheit. War er etwa ebenfalls auf der Suche nach einer anderen Wirklichkeit? War er, ebenso wie sie, auf seiner persönlichen Gralssuche?

"Ich bin gleich soweit! Wo hast du den Zettel?" Rodriguez' Ruf unterbrach seine Gedanken.

Martin kramte den zerknitterten Zettel aus seiner Hosentasche und wunderte sich darüber, ihn überhaupt mitgenommen zu haben, heute Morgen, als er noch weit davon entfernt gewesen war, einen solchen Unsinn anzustellen. Welcher irrationale Impuls hatte ihn dazu verführt, da er doch eigentlich, rational und nüchtern überlegend, vorgehabt hatte, die Unterlagen auszudrucken und seinen Auftrag abzuschließen?

Aber dieser Gedankengang war doch falsch: Es existierten in ihm nicht zwei Gehirnzentren, eines verantwortlich für nüchterne und rationale Überlegungen, das andere für mythisch-irrationale Gefühle. Vielmehr war alles ein verwirrendes Geflecht von Impulsen, Neigungen und Vorlieben. Sehr oft in seinem bisherigen Leben hatte er mehr mit dem Bauch als mit dem Kopf entschieden, was zu tun sei.

"Du sitzt da, als hätte deine letzte Stunde geschlagen." Rodriguez hatte unbemerkt den Raum betreten und grinste ihn an.

"Du hast gut lachen. Du hast es schon hinter dir und hast es unbeschadet überstanden."

"Sollen wir aufhören?"

"Nein" Martin schüttelte den Kopf. Jetzt war er so weit vorgedrungen, jetzt konnte er einfach nicht mehr umkehren.

"Wer sagt dir eigentlich, dass ich nicht schon halb verrückt bin?" Rodriguez machte eine Verrenkung und humpelte feixend zu ihm hinüber, griff nach dem Kopfhörer und setzte ihn Martin irre kichernd auf. Martin fühlte sich in die Kulisse von Filmen versetzt, die er für unwirklich und idiotisch, für übersteigert oder kafkaesk überzogen gehalten hatte. Rodriguez tanzte humpelnd und glucksend um den Stuhl herum und brachte Martin damit zum Lachen.

"Wenn du dir jetzt noch das Gesicht bemalst, komme ich mir vor wie an den Marterpfahl gebunden."

Der dunkelhaarige und dunkelhäutige Rodriguez, mit den dunklen und feurigen Augen, der hageren, aber elastisch kraftvollen Gestalt entsprach in seinem indianerähnlichen Aussehen dem Bild, das sich Martin immer von dem Yaqui-Priester in Castanedas Büchern gemacht hatte. Wurde er selbst jetzt zu einem Hightech-Castaneda?

"Es kann losgehen. Ich bin bereit." Martin musste sich selbst gewaltsam von Bildern losreißen, die auf ihn einströmten.

"Denk daran. Einfach zurücklehnen und nur entspannen. Du brauchst an nichts Bestimmtes zu denken. Lehn dich zurück und warte ab, was geschieht. Aber verkrampf dich nicht."

Rodriguez hatte gut reden. Martin schloss die Augen und bemerkte den rotgelben Hintergrund, den seine geschlossenen Augenlider bildeten. Ein dunkelrotes, amorphes Muster zog von links nach rechts, verschwamm mit dem Hintergrund, der sich dunkler färbte, wenn er die Augen fester schloss.
Seine rechte Hand tastete zu dem Blechkasten an der Wand, seine Finger berührten den kalten Metallschalter, den sie gleich umlegen würden. Würden sie?
"Ich bin so weit, fang an zu zählen", scholl es von unten herauf.
Martin begann laut zu zählen. Das ruhige Aufsagen der Zahlen nahm ihn gefangen. Das letzte Mal hatte er in seiner Kindheit so gezählt, beim Versteckenspielen. *Hinter mir und vor mir gilt es nicht, ich komme.*
Mit einem entschlossenen Ruck legten seine Finger den Schalter um. Er lehnte sich auf dem Stuhl zurück und wartete. Die rotgelben Schleier seiner geschlossenen Augenlider zogen vorbei, bildeten eine Landschaft ohne Raum. Er hörte sein Herz schlagen, das Knarren des Stuhls, wenn er sein Gewicht verlagerte, eine Autohupe vor dem Haus, weiter entfernt, das Tuckern eines Schiffsdiesels. Seine Atemzüge gingen ruhig, ein Schweißtropfen rann von seiner Stirn die Schläfe entlang. Der linke Fuß begann zu kribbeln, als wolle er einschlafen. Der Geschmack von Rum verband sich mit dem von Tabak. Er hatte eben noch schnell eine Zigarette

geraucht und konnte sich nicht erinnern, wohin die Kippe gekommen war. Der Druck der Backenzähne aufeinander verstärkte sich, seine Zunge fuhr den trockenen Gaumen entlang, fand die innere Seite der Schneidezähne und blieb dort ruhen. Er hörte eine Melodie. Zuerst leise und kaum wahrnehmbar. Die Gitarrenklänge wurden lauter, verdichteten sich zu einer bekannten Melodie. *Summer Lady*, von Carlos Santana.

Martin dachte an einen ruhigen, stillen See. Er sah sich mit dem Paddel ins dunkle Wasser stechen. Das Kanu glitt über die weite Fläche, schaukelte leicht und bewegte sich doch fast schwerelos auf die Baumreihen am anderen Seeufer zu. Das war in Kanada gewesen. Er hatte den Walkman aufgesetzt, seine Lieblingsmusik gehört und war über den See gepaddelt. Eine gleichmäßige Bewegung ohne Geräusch. Nur die Musik schuf den Raum und den Bezugspunkt, den die ungewohnt weite Landschaft sonst vermissen ließ. Eine Welt mit anderen Dimensionen. Ein kleiner See wurde zum Meer, ein Stück Wald zur endlosen Wildnis. Eine Hügelkette entpuppte sich als Gebirgszug, der nach sechs Stunden Autofahrt noch immer nicht durchquert war. Mitten drin, zwischen den tief eingeschnittenen Tälern, die ruhig dalagen, als hätte sich nie ein Mensch oder ein Tier dorthin verirrt, lag der See. Dunkelgrün, fast blaugrün das Wasser. Endlose Weite zwischen seinen Ufern, ruhig und glatt, nur von dem

Paddel und dem Kanu durchschnitten, das kleine Wasserkreisel hinter sich zurückließ, die seitwärts davonliefen, in immer größeren Kreisen, bis sie mit der ruhigen, blaugrünen Fläche wieder verschmolzen. *Summer Lady.*
Er hatte das Paddel eingezogen, sich still auf die Bank gesetzt, das Kanu austreiben lassen und der Melodie gelauscht. Nichts konnte die Harmonie zwischen Musik und Landschaft stören. Es gab sie hier, die *Summer Lady*. Sie schwebte in dem Tal, an den Ufern des Sees. Sie hatte keine Gestalt, kein Gesicht, kein Lächeln und keine Stimme. Sie war einfach da, gehörte hier hin, war immer schon hier gewesen. Hier war sie geboren, und hier würde sie nie sterben. *Summer Lady*, du hast meine Seele berührt. So nah bei dir zu sein ist alles, was ich will. Wende dein Lächeln nicht von mir ab, zerstöre nicht meine Einbildungskraft. Nimm mir meine Träume nicht weg, Summer Lady, du bist meine Fantasie.
Summer Lady. Er hatte das Band zurückgespult, immer von Neuem das Musikstück angehört, bis das Hantieren am Walkman den Zauber zerstört hatte.
Martin spürte, wie mit der leise verstummenden Melodie auch der Zauber der Erinnerung verschwand.
Er hörte sich laut und heftig atmen, spürte, wie die Luftknappheit seine Lungen eng werden ließ. Ein stechender Schmerz breitete sich von seinem Hals zur Brust und hinüber auf den linken Arm aus, der kraftlos und taub herunterhing

und sich nicht bewegen ließ, als gehöre er ihm nicht mehr. Er sah den dunkelhäutigen Indianer auf sich zu stürzen, sah, wie dessen Hände nach seiner Kehle griffen. Er spürte ihren Druck und wollte sich losreißen. Sie fielen neben dem Stuhl zu Boden, wälzten sich über das raue Holz, das nach Seife roch. Martin biss auf etwas Kaltes, seine Zähne schmerzten. Blutgeschmack verband sich mit scharfem Essig. Er würgte und hustete. Der Schmerz im Magen nahm ihm die Kraft, weiter gegen den Gegner zu kämpfen, der jetzt halb auf ihm lag, seinen Kopf seitlich auf den Boden drückte. Er sah seinen eigenen rechten Fuß, weit weg auf dem Holzboden. Viel zu weit weg, um ihn noch bewegen zu können. Schwarze Punkte tanzten und zitterten vor seinen Augen, lösten den unteren Teil des Raums auf. Ein riesiger schwarzer Schatten nahm das Sonnenlicht weg, das blendend und grell durch das Fenster fiel, nahm seinen Körper und seinen Schmerz mit weg.

Rauschen von Büschen und Bäumen. Ein vorbeifahrendes Auto, Stimmen direkt neben ihm.
"Er hat einen leichten Schwächeanfall. Zu lange in der Sonne gewesen." Rodriguez' Stimme. Er fühlte, wie er aus dem Liegestuhl hochgezogen wurde, sah die Wasserfläche des Swimmingpools auf sich herunterfallen und sank zur Seite niedergedrückt ins Gras. Martin würgte und spuckte, musste

sich übergeben. Sein Blick wanderte von der hellen, schleimigen und stinkenden Masse im Gras weiter auf weiße Schuhe, glitt die Hose und das Jackett entlang, hoch bis zu Norders Gesicht, das auf ihn herabschaute. Er versuchte, sich aufzurichten, wurde von Rodriguez zur Seite gezogen, stand schwankend da, einen widerlich beißenden Geschmack in Mund und Nase. Der weiße Jeep torkelte auf sie zu, die Tür sprang auf. Martin sank zusammengekrümmt auf den Sitz, hörte den Motor laufen, wurde gegen die Tür und dann gegen das Armaturenbrett geschleudert, hin und her. Häuser und Menschen huschten vorbei. Straßen und Gassen verengten sich, führten aus menschenüberfluteten Biegungen auf Plätze hinaus, die den Verkehr stauten. Martins Gesicht sank gegen die Scheibe. Eine Hand zog ihn auf den Sitz zurück. Sie hielten an, das Motorgeräusch erstarb.
Eine Treppe führte hoch zu Rodriguez' Terrasse, mitten auf eine weiche Couch. Gläserklirren und leise Musik. Das Rauschen der Wellen und sich nähernde Schritte.
"Komm, trink."
Martin trank, verschluckte sich, hustete und trank weiter von der kühlen und scharfen Flüssigkeit. Alkohol, scharf und belebend. Kalte Eiswürfel stießen an Zähne und Lippen. Das Getränk rann in seinem Körper hinunter, schlug hart in seinem Magen auf, der sich drehte und zusammenkrampfte.

Dann ließ der Schmerz nach. Der Magen begann, sich zu beruhigen. Martin drehte sich zur Seite, sah den bunten Teppich, die offene Terrassentür und dahinter den lichtüberfluteten Hof. Er konnte die Augen nicht offen halten, sein Kopf schwankte hin und her. Er sank zurück in das weiche Kissen und schlief erschöpft ein. Sein letzter Gedanke galt der leisen Musik, die er jetzt wieder hörte: Santana.
Open Invitation oder *Hong Kong Blues*?
Oder *Gypsy Queen*?
Nein: It's A Jungle Out There.

19

"Wie fühlst du dich? Hat sich etwas verändert? Kannst du irgendetwas, was du vorher nicht konntest?"
Rodriguez' ironische Fragen, unterstützt von einem belustigten Grinsen, trafen Martin nicht. Sollten sie sicher auch nicht. Er hatte dieselben dummen Fragen auch gestellt. Das war so ähnlich, als wolle man einen Gitarristen mit einem Kopfnicken zur Gitarre hin fragen: "Wie laut ist die?"
"Ich wusste gar nicht, dass du Santana magst."
"Ist meine Lieblingsmusik, ich habe alle CDs von ihm."
"Auch *Marathon*, mit *Summer Lady*?"
"Du hast es wiedererkannt? Wegmann wollte sie unbedingt haben, nachdem er sie gehört hatte. Er war der Meinung, sie eigne sich besonders für das Experiment."
Das tat sie ohne Zweifel. Welche Erinnerungen mochte sie bei den anderen wiedererweckt haben?
"Hat Norder etwas bemerkt?"
Rodriguez schüttelte den Kopf. "Nein, ich habe dich erst runter in den Liegestuhl geschafft, bin dann wieder hoch und habe aufgeräumt. Wir haben schon einige Zeit dort gesessen, als er kam." Rodriguez grinste bei der Erinnerung. "Du hast

ihm direkt vor die Füße gespuckt. Hättest sein angeekeltes Gesicht sehen sollen."
Martin grinste mit. Der weiße Mann auf dem grünen Rasen und direkt vor seinen Füßen der frisch erbrochene Mageninhalt.
"Wie fühlst du dich?"
"Ziemlich erschossen."
"Möchtest du etwas essen?"
Martin schüttelte nur den Kopf. Er überlegte, ob das Experiment bei ihm gelungen oder gescheitert war. Und, wenn es gelungen war, was es bewirkt hatte. Das Meer mit seinen weißen Schaumkronen hatte sich nicht verändert, auch das Licht nicht und auch nicht der Dunstschleier vor dem gegenüberliegenden Küstenstreifen, hinter dem man Rosas nur erahnen konnte.
"Wieso warst du so sicher, dass es uns beiden nicht schaden konnte? Immerhin ist es bei den anderen nicht so glimpflich abgelaufen."
Rodriguez schaute über das Meer und trank aus seinem Glas.
"Ich habe mich mit Klaus darüber unterhalten, nachdem die Sache mit Corry passiert war und die anderen trotzdem weitermachen wollten.
Er war der Meinung, dass das Experiment für Menschen unschädlich sei, die mit sich selbst im Einklang seien." Rodriguez dachte einen Moment lang nach. "Stell dir vor, in jedem

Menschen befände sich ein Pendel. Schon mit der Geburt fängt es an zu schwingen. Es geht immer hin und her, einmal kräftiger zur einen Seite dann wieder zur anderen Seite. Mit jedem Erlebnis, jeder Erfahrung und jeder Empfindung schlägt es aus. Unterschiedlich stark zwar, aber es wird bis zum Tod immer in Bewegung bleiben. Klaus war der Meinung, jeder Mensch habe die Chance, dieses Pendel in sich zu einer gleichförmigen Bewegung zu bringen. Es werde dann immer gleich stark nach beiden Seiten ausschlagen, egal was du empfändest, was du erlebtest oder was dich gerade veränderte." Rodriguez schwieg einen Moment und nippte an seinem roten Cocktail. "Klaus nannte das: *ein Mensch, der in sich selbst ruht*. Wenn der Mensch mit sich selbst im Einklang ist, sein inneres Pendel immer den gleichen Ausschlag nach beiden Seiten besitzt, dann kann ihm nichts schaden."
"Und du glaubst, wir beide sind so?"
Rodriguez nickte nur. Ein schönes, wenn auch sehr einfaches Bild für das Chaos, das in den Menschen herrschte. Martin dachte an Tom und seine Theorie von der Ordnung im Chaos. Eine Ordnung, die immer schon vorhanden war, die Tom beim Betrachten seiner Computergrafiken immer wieder suchte, die der Mensch aber erst noch entdecken musste.
"Die anderen waren dann nicht mit sich selbst im reinen?"
"Doch, Klaus schon, aber sein Herz hat versagt."

Rodriguez zuckte mit den Achseln und legte einen Fuß auf das Geländer.

"Eigentlich war Klaus der Einzige, der es hätte schaffen können."

Was hätte er schaffen können? Martin ließ der Gedanke immer noch nicht los, dass mit dem Experiment etwas anderes beabsichtigt war, als er bisher erwartet hatte. Worin lag denn die besondere Faszination bei der Suche nach einer anderen Wirklichkeit? Ihm fiel ein Satz ein: *Die einzig wahre Wirklichkeit, die wir besitzen, ist die Wirklichkeit in unserem Kopf.* Wer hatte das gesagt?

"Wirst du Norder nun die Unterlagen geben, die er haben möchte?"

Martin schaute zu Rodriguez, der seinen Stuhl wippen ließ, nur von der Ferse, die aufs Geländer gelehnt war, im Gleichgewicht gehalten. Ein Pendel, das sich in einem stabilen Gleichgewicht befand. Eine in sich ruhende Bewegung, vor und zurück, ein Ausgleich zwischen den unterschiedlich starken Kräften.

"Meinst du, ich sollte es jetzt tun?"

Rodriguez wiegte den Kopf hin und her. Jetzt waren es zwei Bewegungen. Bewegungen, die auch das Meer mit seinen heranrollenden Wellen vollbrachte, wenn es die Wellen wieder zu sich hin rief, um sie dann erneut gegen den Strand zu werfen. "Was spricht dagegen? Ich glaube, auch Klaus hätte es irgendwann getan. Früher oder später. Schließlich wurde er dafür bezahlt. Und loyal war er schon."

Martin dachte daran, dass auch er bezahlt wurde. Ähnlich wie Klaus Wegmann verwob auch er sich in ein Netz von Geschehnissen, die letztlich nicht direkt mit seiner Arbeit zu tun hatten.

"Was willst du machen, wenn das Institut nicht mehr existiert?"

Rodriguez sah in erstaunt an, als hätte Martin eine dumme Frage gestellt.

"Ich werde meinem Onkel helfen. So wie ich es immer getan habe. Er beschwert sich ohnehin darüber, dass ich so selten Zeit für unsere Arbeit habe."

"Was macht dein Onkel? Hat er ein Geschäft, ein kleines Lokal?"

Rodriguez kicherte. "Nein, mein Onkel hat kein Geschäft und kein Lokal. Er hat nichts mit den Touristen zu tun, die er sowieso nicht leiden kann und auch nicht versteht. Er sagt immer: *Was wollen sie hier? Sollen sie doch zu Hause bleiben.* Nein, mein Onkel ist kein Geschäftsmann. Er ist Medizinmann."

Rodriguez' Stimme klang belustigt. Offensichtlich genoss er einen Scherz, den Martin nicht verstand.

"Medizinmann?" Der Indianerpriester aus Castanedas Büchern drängte sich wieder in den Vordergrund und wurde mit einem unwilligen Kopfschütteln von Martin beiseitegeschoben.

"Sicher, er ist der Medizinmann."

Rodriguez genoss es, in Martins ratloses Gesicht zu lächeln. "Wenn er hätte studieren können, wäre er sicher ein hervorragender Arzt geworden. Aber ich glaube, selbst wenn er das Geld und die Möglichkeit gehabt hätte, er wäre nie etwas anderes geworden, als er ist, ein glänzender Heilkundiger und Scharlatan. Damals hat er mir und meinem Vater, ich war noch ein kleiner Junge, das Geld für die Reise nach Deutschland geschenkt. Mein Vater wollte dort arbeiten und viel Geld verdienen, um sich später zu Hause eine Existenz aufzubauen. Ich bin dort in die Schule gegangen." Das erklärte vieles, was eigenartig gewesen war. "Meine Mutter wollte nicht mit. So sind wir zweimal im Jahr nach Hause gefahren und haben die Familie besucht. Irgendwann wollte auch mein Vater nicht mehr zurück nach Deutschland. Ich glaube, er hatte Schwierigkeiten mit seinen Papieren.

Mein Onkel hat dann für meine weitere Ausbildung gesorgt. Mein Vater wollte, dass ich später einen Beruf in der Touristikbranche finden sollte, mein Onkel war der Meinung, ich wäre für Besseres gut.

So haben sie mich auf die Schule nach Figueres geschickt. Gleichzeitig hat mein Onkel mich ausgebildet.

Er hofft, ich würde später seine Arbeit weiterführen. Und ich glaube, ich werde das auch machen."

Das erklärte die hervorragenden Deutschkenntnisse, die breite Allgemeinbildung und das Wissen um Tinkturen und Tränke. "Und was machst du genau für ihn?"

"Ich besuche seine Patienten, fahre ihn oft auch selbst dorthin, mixe seine Mittelchen, suche nach den Kräutern und den anderen Stoffen, die er dafür braucht, ich bin sein Gehilfe und Lehrling."

"Warum nennst du ihn einen Scharlatan? Betrügt er die Menschen?"

"Nein, nein, er kann nur nicht immer den Menschen alles geben, was sie sich von ihm versprechen. Dann hilft er ein wenig nach, verschleiert alles mit seinen Zeremonien, lässt die Menschen an andere Dinge glauben und auf andere Wunder hoffen, als sie es zu Anfang eigentlich wollten. Er beherrscht ein paar tolle Taschenspielertricks, aber auch eine Menge Dinge, von denen selbst ich nicht weiß, ob es nur Tricks sind oder ob mehr dahintersteckt."

Rodriguez setzte sich gerade hin und hielt Martin das Glas mit der roten Flüssigkeit entgegen, wahrscheinlich Bacardi. "Hier sieh mal."

Die schmalen und schlanken Finger beider Hände umschlossen das Glas, ließen nur noch den Rand und den Boden des

Glases erkennen. Mit einer schnellen Bewegung, der die Augen kaum zu folgen vermochten, wurde das Glas umgedreht und über das Geländer hinweg entleert. Der Alkohol war verschwunden, nur noch zwei Eiswürfel klirrten auf dem Boden des Glases hin und her. Rodriguez nahm das Glas in den Mund, stülpte seine Lippen mit einer Grimasse ganz um den Rand des Glases und vollführte würgende Bewegungen, als müsse er sich übergeben. Als er das Glas freudestrahlend Martin wieder entgegenhielt, war es halb voll mit Bacardi.
"Möchtest du einen Schluck?"
Martin mochte nicht. Er hatte keine Flüssigkeit wegspritzen sehen, hatte dennoch gesehen, dass das Glas ihm leer entgegengehalten worden war und jetzt wieder halb voll war.
"Damit kannst du im Zirkus auftreten."
Rodriguez winkte ab. "Das war nichts. Du solltest sehen, was mein Onkel draufhat."
"Haben die anderen deinen Onkel einmal kennengelernt?"
"Ich habe ihn einmal mit ins Institut genommen, damit er die anderen kennenlernt. Aber er mochte sie nicht. Er hat behauptet, sie hielten mich von meiner richtigen Arbeit ab. Ihr Experiment hielt er für einen Witz. Dafür brauche man keine Computer, das sei alles Unsinn. Narrenspielerei hat er gesagt. Danach ist er nicht mehr mitgefahren. Immer wenn ich für das Institut etwas erledigen musste, hat er versucht, mich durch andere Aufträge davon abzuhalten. Manchmal ist er

ganz schön engstirnig und eigensinnig, aber er ist auch ein alter Mann. Außerdem ist er mein Onkel." Rodriguez zuckte mit den Achseln und trank sein Glas aus. Diesmal kehrte die Flüssigkeit nicht auf geheimnisvolle Weise ins leere Glas zurück.

Martin spürte, dass etwas in ihm vorging, als hätte ein weit entfernt verhallender Ton eine Saite in ihm zum Schwingen gebracht. Seine Umlaufbahn um die Geschehnisse schien zum Mittelpunkt zu führen. Er wusste nicht, warum und wie, aber er wurde das Gefühl nicht los, als hätte er das lose Ende des Knotens in den Händen und wüsste gleichzeitig, wie er zu lösen sei.

"Ich würde deinen Onkel gern einmal kennenlernen."

"Er wird dir gefallen. Am Anfang, wenn er fremde Menschen um sich hat, gibt er sich meistens recht kauzig und verschlossen. Aber ich glaube, dich wird er mögen." Rodriguez stellte das leere Glas auf den Tisch. Die Eiswürfel darin waren fast ganz geschmolzen, nur noch ein schmales, Licht reflektierendes Plättchen war zu entdecken. "Er spielt recht gut Gitarre. Manchmal kommt er zu mir nach Hause und hört sich stundenlang Santana an. Dann darf ich ihn nicht stören. Er liegt auf der Couch, starrt auf das Meer hinaus, spricht kein Wort, bis er plötzlich aufsteht und wieder verschwindet. Er hat bisher mit keinem Wort erwähnt, dass er die Musik mag, aber er hört sie sich immer wieder an. Selbst spielt er nur traurige spanische Balladen, aber ich glaube, wenn er könnte, würde er so spielen wie Carlos Santana."

Und wenn Rodriguez könnte, würde er so malen wie Salvador Dali. Wenn Corry und Klaus Wegmann gekonnt hätten, würden sie jetzt in einer anderen Wirklichkeit leben, ebenso Terry, Tom und Julian. Was würde er selbst können müssen, um das zu sein, was er eigentlich wollte? Martin fiel nichts ein.

Er dachte an die Aufzeichnungen von Klaus Wegmann und an den darin enthaltenen Ausspruch von Corry: *Der Weg allein ist schon das Ziel.*

20

Zwischen dem Strand und dem Museum von Empuries fuhren sie eine enge Straße entlang, die aufgrund der an beiden Seiten geparkten Wagen eher einem Pfad als einer Straße glich. Vor dem Hotel, das am Ende der Straße auf einem Hügel lag, bogen sie nach links ab. Die Büsche ragten von beiden Seiten soweit auf die Fahrbahn, dass sie wie ein grünes Blättertor wirkten. Martin hatte erwartet, sie würden jetzt wieder auf die Hauptstraße treffen, aber Rodriguez bog erneut ab.

Hinter dem Hotel auf dem Hügel führte ein sandiger Weg hinein in ein Geflecht von Büschen, Hecken und Baumgruppen. Das harte und gelbe Gras raschelte im Wind, Martin meinte, es trotz der Motorgeräusche hören zu können. Der Weg wand sich zwischen Grashügeln und Baumgruppen hindurch, führte ein kurzes Stück an einem Zaun entlang, der aus der alles überwuchernden Hecke hervorragte. Nichts deutete in dieser menschenleeren Landschaft daraufhin, dass nur wenige hundert Meter Luftlinie entfernt, ein buntes Treiben an den Stränden und auf der Hotelterrasse herrschte.

"Wir sind gleich da. Dort drüben hinter den Bäumen steht sein Haus." Rodriguez deutete mit der Hand in die Richtung, was den Wagen auf dem sandigen Untergrund zum Schlingern brachte und Martin schmerzhaft mit dem Ellbogen gegen die Tür stoßen ließ. Er schaute in die angegebene Richtung und meinte, die gerade Linie eines Daches zwischen den Blättern und Zweigen der Bäume entdecken zu können. Wie hatte Klaus Wegmann geschrieben: *In der ganzen Natur gibt es keine einzige Gerade und keinen rechten Winkel, es sei denn, der Mensch hat sie geschaffen.* Der Boden wurde jetzt etwas fester, sie fuhren auf einem Weg, der vor langer Zeit einmal gepflastert gewesen war. Der Zaun lugte in immer größeren Abschnitten aus der Hecke hervor, als würde sich jemand die Mühe machen, gegen die wuchernde Hecke anzukämpfen.

"Wir haben Glück, er ist da und hat auch keine Patienten." Martin fragte sich, woran er das erkennen mochte. Er selbst hatte noch nichts bemerkt, was darauf hindeuten konnte. Als Rodriguez dann vor dem flachen Haus anhielt, konnte er weder den Onkel von Rodriguez noch sonst ein Lebewesen ausmachen. Sie gingen um das weiß getünchte Haus herum, folgten einem Trampelpfad durch den verwilderten Garten und kamen zu einer halb verrotteten Pergola, die sich unter der Last von rosa blühenden Kletterpflanzen fast durchbog. In dem schattigen Winkel, der von der weißen Hauswand und einer roten Ziegelsteinmauer gebildet wurde, hätte Martin den alten Mann in seiner Hängematte beinahe übersehen. Ein Bein und ein Arm mit Hand und Zigarette hingen lässig aus der Matte heraus. Ein schmutziger, nackter Fuß und eine alte, faltige Hand waren das Erste, was Martin zur Kenntnis nahm. Dann erst bewegte sich die Gestalt: Ein ledriges und runzeliges Gesicht sah sie unter einem vergilbten Strohhut an, ein fast zahnloser Mund sprach kehlige spanische Sätze. Dunkle, ein wenig stechende Augen musterten Martin. Die Familienähnlichkeit war trotz des Altersunterschieds erkennbar.

Rodriguez zog zwei wackelige Strohsessel heran, und sie setzen sich unter die Hängematte, aus der jetzt beide Beine des alten Mannes herausschaukelten. Er blieb oben in seiner Matte, als gelte es Abstand zu wahren, als müsse er bereit sein, jederzeit sich vollends wieder zurückziehen zu können. Während sich Rodriguez und sein Onkel unterhielten, blickte Martin unauffällig umher, entdeckte eine getigerte Katze, die sich am Ende der Veranda im heißen Sand rekelte, zwei mickrige Hühner, die etwas weiter entfernt scharrten und pickten, und er sah Mohnblüten zwischen den hohen Gräsern durchschimmern. Der Garten und das Haus stellten einen kunstvollen Kompromiss dar zwischen halb verfallen und doch noch bewohnbar.

"Er fragt, wie es dir hier gefällt." Der alte Mann hatte seinen suchenden Blick bemerkt und schaute ihn belustigt an. In seinen Augenwinkeln bildeten sich die gleichen Fältchen wie bei Rodriguez, sie gruben sich nur tiefer in die dunkle und ledrige Haut ein.

"Es ist schön ruhig hier." Martin war auf die Schnelle nichts Besseres eingefallen. Nachdem Rodriguez das übersetzt hatte, erscholl ein tiefes Lachen, das nicht zu dem schmalen und ausgemergelten Körper des alten Mannes zu passen schien.

Rodriguez holte aus dem Haus ein paar schmuddelige Gläser und eine Flasche Wein, füllte die Gläser und reichte das Erste seinem Onkel, der es nach einem kurzen Trinkspruch in einem Zug leerte und dann wieder mit einem genüsslichen Seufzen Rodriguez hinhielt. Martin nippte an seinem Glas und spürte den schweren, erdigen Geschmack des Rotweins. Er sah zu dem lustig kichernden Mann in seiner Hängematte hinauf, der seine schuhlosen Füßen baumeln ließ und sich gut gelaunt und temperamentvoll mit Rodriguez unterhielt. Das war nicht der böse alte Mann, den er sich vorgestellt hatte. Das war nicht der alte Magier, der die Menschen, die in sein Revier eindrangen und seine Kunst mit neumodischen Apparaturen nachäfften, bestrafte und verhexte. Das war nicht der Mann, der die Menschen, die Rodriguez von seiner Bestimmung abbrachten, verjagte oder außer Gefecht setzte.

Die dunklen Augen unter den buschigen Augenbrauen sahen ihn wissend an, und Martin fühlte sich ertappt.

"Du bist in unserer Erde verwurzelt." Rodriguez hatte es übersetzt, und Martin schaute auf seine eigenen nackten Füße, deren Zehen er in den weichen und warmen Sand gegraben hatte, wie er es am Strand so gern tat. Sie prosteten sich erneut zu, und Martin nahm einen größeren Schluck, der pelzig und weich die Kehle hinunter ran.

Er hätte doch etwas essen sollen, schon der erste tiefe Schluck von dem schweren Rotwein machte ihn beschwipst. Am liebsten hätte er leise vor sich hin gekichert, konnte sich jedoch gerade noch beherrschen.

"Mein Onkel sagt, du hast gute Augen. Es gibt wenige Menschen mit blauen Augen, die ein ruhiges Gesicht haben. Er mag sonst keine blauen Augen. Aber deine gefallen ihm."

Martin nickte und nippte, da er nichts antworten wollte, wieder an dem Rotwein.

"Er hat gehört, dass das Institut geschlossen wird. Darum ist er guter Laune. Er sagt, die Leute dort haben nur Unruhe in den Ort gebracht."

Martin fragte sich, welche Unruhe er meinte: Toms Radfahren oder Klaus Wegmanns Besuche auf dem Museumsgelände, Corrys Streifzüge oder Terrys Männerjagd?

"Macht das so viel aus, ob das Institut hier ist oder nicht?"

Rodriguez' Übersetzung entrang dem alten Mann nur ein Schnauben. "Es gehört nicht hier her. Genauso wenig wie die Hotels, aber die sind nun einmal da. Daran haben wir uns gewöhnt, aber an mehr wollen wir uns nicht gewöhnen müssen."

Der Alte kletterte steif und ungelenk aus seiner Hängematte herunter und ging zu der Ziegelsteinmauer, an der er ungeniert urinierte. Auf dem Rückweg zu ihnen streichelte er die Katze, vertrieb mit einem Steinwurf die Hühner aus einem Blumenbeet, das nur er als solches erkannte, und schwang sich wieder in die Matte hoch. Der freundliche und lustige Ausdruck war von seinem Gesicht verschwunden. Er wirkte mürrisch und angriffslustig. Die Zigarette, die Rodriguez ihm hochgereicht hatte, wurde lange begutachtet, bevor sie angezündet wurde, so als müsse er prüfen, ob sie auch seinen Ansprüchen gerecht wurde.

"Sie dürfen ruhig mit ihren Computern spielen, selbst in seiner Bank tun sie das schon, aber sie sollen die alten Plätze in Ruhe lassen. Da haben sie nichts verloren." Der Onkel nickte zu Rodriguez' Worten und schnippte die Zigarettenasche im weiten Bogen über den Hof. "Früher hat in dem Haus einmal eine sehr angesehene Familie gewohnt. Sie besaßen viel Land und einen Fischhandel. Dann haben sie einen Teil des Landes verkaufen müssen, damit dort die Ausgrabungen durchgeführt werden konnten. Danach hat sich vieles verändert. Der älteste Sohn sollte von dem Geld, das sie für das Land erhalten hatten, studieren. Er wurde nach Amerika geschickt, hat später nur noch Ansichtskarten geschickt und ist nie mehr zurückgekehrt. Die Tochter wurde mit einem Industriellen aus Gerona verheiratet, bekam zwei Kinder und lebt nun mit ihrer Familie in Barcelona. Der jüngste Sohn sollte das Fischereigeschäft übernehmen, aber er hat sich mit den Fischern nie verstanden. Er hat sich schnelle rote Autos gekauft, war hinter den Mädchen her und ist in der Nacht mit dem Auto von den Klippen ins Meer gestürzt. Seine Mutter war eine aufrechte und stille Senorita, die die Trennung von ihren Kindern nicht überwinden konnte. Sie fühlte sich allein und verlassen in dem weißen Haus und hat es, nachdem ihr Mann gestorben war, an einen Notar verkauft. Sie lebt jetzt wieder bei ihren Eltern in Pals. Mit dem vielen Geld kam auch das Unglück. So ist es vielen ergangen. Überall, wo heute Hotels stehen, befanden sich früher Fischerhäuser und Wohnungen einfacher Leute. Heute sind sie gestorben oder weggezogen.

Mit dem Geld der Touristen hat sich auch das Leben in der Stadt verändert. Heute ist es wichtig, ein Auto zu fahren, einen Farbfernseher und eine Kühltruhe zu haben. Viele bauen auch kleine Häuser auf ihren Grundstücken, die dann in der

Saison an Touristen weitervermietet werden. Die Kinder gehen zur Schule, und nur wenige von ihnen kommen zurück und bleiben hier. Dafür kommen andere, die nur für die Saison hier arbeiten und dann wieder verschwinden. Wenn du abends Freunde treffen willst, wirst du nur noch wenige finden, und das sind alles alte Leute. Es gibt keine großen Familien mehr. Früher sind wir alle an den Strand gegangen, die ganze Familie, haben dort getanzt und gesungen, die ganze Nacht durch. Heute bist du schon froh, wenn du ein paar Leute aus befreundeten Familien zusammenkriegst. Eine eigene, große Familie hat kaum einer mehr."

Der alte Mann schwieg einen Moment und Rodriguez' Übersetzung verstummte ebenfalls.

"Weißt du, wie viele Leute noch Gitarre spielen können? Wenn du die alten Lieder singst, bleiben sie stehen und geben dir ein Trinkgeld!"

Durch die verärgerte Armbewegung des Alten begann die Hängematte zu schwingen, und Martin musste an das Pendel denken. "Der wenige Fisch, der noch gefangen wird, reicht kaum aus und ist obendrein noch schlecht. Alles, was schlecht ist, haben sie direkt ans Meer gebaut, und ich frage mich, wann sie damit aufhören wollen."

Rodriguez zeigte mit einem Achselzucken an, die deprimierte Stimmung des Alten müsse ertragen werden. "Die jungen Leute können nicht mehr tanzen und singen, und, was noch schlimmer ist, sie kennen die alten Geschichten nicht mehr. Sie kennen das Land, in dem sie aufwachsen, nicht mehr, wissen nichts von den Menschen, die hier einmal gelebt haben."

Der Alte schüttelte den Kopf, nahm den Hut ab, wischte sich mit der Hand über die Glatze, die darunter zum Vorschein kam, und setzte den Hut wieder auf. "Kaum einer kennt noch das Land abseits der Straßen, sie alle brausen in ihren Autos hin und her, von der Stadt zum Strand und zurück, vergessen, dass es noch andere Stellen hier gibt außer dem Strand."

Martin hörte der geduldigen Stimme von Rodriguez zu, der die Worte des Alten übersetzte, aber er folgte ihnen nicht mehr. Er hatte sein Glas leer getrunken und spürte, wie die sanfte Müdigkeit ihn fast in Trance versetzte.

Er blinzelte in die Sonne, deren Licht mit den Bäumen und Büschen spielte. Er folgte mit den Augen den Wellen, die der Wind in den hohen Gräsern hin und her warf, sah die roten Mohnblüten und dachte an Elixiere und Wundermittel. Martin kam die verrückte Idee, dass der alte Mann für alle Geschehnisse verantwortlich gemacht werden könnte. Sie hatten seinen Lehrling von seiner Arbeit abgebracht, hatten ihn immer mehr zu sich in ihre Welt hinübergezogen und ihm entfremdet. Er hatte zurückgeschlagen, hatte sein Wissen und seine Kenntnisse eingesetzt, um sie zu vertreiben, um dafür zu sorgen, dass sie Rodriguez in Ruhe ließen. Er hatte sich ohne Rodriguez' Wissen mit den einzelnen Wissenschaftlern getroffen, hatte ihnen Mittelchen eingeflößt, damit er Macht über sie ausüben konnte. Als er sie nicht gefügig machen konnte, hatte er sie vernichtet. Was ihm umso leichter fiel, da sie eh labil und durch die Jagd nach ihrem Experiment instabil waren. So hatte Martin sich das vorgestellt. Es hatte zwei Tote, einen beinahe Toten und zwei Verschwundene gegeben, und dem alten Magier hätte man das durchaus zutrauen können. Wenn er die Macht dazu besaß. Woran Martin zu zweifeln begann.

Sicher, er mochte Mittelchen kennen, die gegen Halsschmerzen und gegen einen ausgiebigen Kater halfen, vielleicht auch Mittel, die einen Heilprozess beschleunigten. Er mochte in der Lage sein, seinen Patienten Mut einzuflößen, Vertrauen in seine und ihre Kräfte, was in den meisten Fällen schon ausreichen konnte. Er mochte über einiges Wissen verfügen, aber er blieb doch ein alter und unzufriedener Mann, der einer Welt nachtrauerte, die nicht mehr oder nur noch in seiner Erinnerung existierte. Das Leiden aller alten Männer. Martin sagte sich, er könne daran spüren, dass auch er selbst alt würde: wenn die Erinnerung an die gute alte Zeit die Neugier auf die Zukunft auszulöschen begann. Wenn nicht der alte Mann verantwortlich gemacht werden konnte, blieben wieder nur die Auswirkungen des Experiments, die Martin an sich selbst aber noch nicht erkennen konnte. Das lose Ende schien seinen Händen wieder zu entgleiten. Er begann sich schon fast zu wünschen, Dinge sehen zu können, die es nicht zu sehen gab. Irgendeine Wirkung des Experiments festzustellen, die ihm sagen würde, dass darin die Ursache für all die Merkwürdigkeiten zu suchen sei.

21

Sie hatten die dritte Flasche Rotwein begonnen und Martin hatte Mühe, sich aus seinem Sessel zu erheben, auf die Backsteinmauer zuzugehen, ohne zu schwanken, und dort zu urinieren, ohne seine eigenen, nackten Füße zu treffen. Das Sandwich mit Tomaten, gebratenem Fisch und Salatblättern, das Rodriguez für alle zubereitet hatte, zeigte wenig Wirkung. Rodriguez' Onkel hatte begonnen, auf seiner Gitarre zu spielen, traurige und schwere Balladen, zu denen er und Rodriguez sangen. Martin lehnte sich in seinem Sessel zurück und betrachtete durch das Weinglas die rot schimmernde und gekrümmte Welt.

Die Rotweingedanken und die Musik, beide schwer und nur in halber Trance verdaulich, passten nicht zu der sonnendurchfluteten Landschaft. Sie blieben im Schatten von Mauer und Haus, drangen nicht viel weiter vor als bis zum Rand der Blumenbeete, die, sich selbst überlassen, wieder zur unberührten Natur zurückfanden.

So wie der Schatten und die Sonnenlandschaft durch eine imaginäre Gerade abrupt voneinander getrennt wurden, so fühlte auch Martin sich zu der Musik und dem Wein hingezogen, wäre jedoch gern gleichzeitig hinaus auf die Wiese gegangen, hätte sich dort gern lang ausgestreckt und durch die Bäume hindurch in den Himmel geschaut, der wolkenlos, blau und konturenlos die Welt umspannte. Der traurige Gesang im Halbschatten, die rotweinseligen Melodien, sie hatten etwas Mythisches, Unvernünftiges und Geheimnisvolles an sich. Die Wiese und weiter dahinter die Büsche, Bäume und Hecken wurden in dem grellen Sonnenlicht zu etwas vernünftig Realem, jederzeit Durchschaubarem und Überschaubarem. Beides wurde streng getrennt von einer Linie im Sand, die Martin wahrnehmen konnte, obwohl sie eigentlich nicht existierte. Selbst wenn er seinen Blick auf das Äußerste reduzierte, mikroskopisch zu sehen und zu denken versuchte, er würde nie diese feine Linie im Sand sehen, die eigentlich ein wenig sonnenbeschienen und gleichzeitig schattig sein musste. Es gab sie eben nicht.

Er nahm sie wahr, wusste aber auch, dass es sie nicht gab. Martin sah nur hier den dunkleren Sand im Schatten, scheinbar feucht, dort den helleren in der Sonne, ausgetrocknet und fein staubig.

Dazwischen sah er nichts. Keine Grenze, keine Trennungslinie, keinen beschreibbaren und erfahrbaren Übergang. Hier lag alles im Schatten, und dort, ohne besonderen Hinweis und ohne Anleitung, wie das zu verstehen sei, begann der

Teil der Welt, der von der Sonne beschienen und damit umwälzend anders war.

Martin war fast versucht aufzustehen, in die Sonne hinauszugehen und nachzuhören, ob auch dort draußen noch die Musik verklang. Stattdessen schluckte er ein wenig Rotwein, ließ ihn über die pelzige Zunge den Rachen hinunterlaufen, spürte ihm nach, wie er in seinem Innern verschwand und Spuren hinterließ, die, erdverbunden und warm, seine Schwerkraft erhöhten. Der Schatten, die Musik, der Wein, alles drückte ihn fester in den Strohsessel hinein, als müsse er nur noch die Beine anziehen, sich ganz in den Sessel zurückziehen, um auch vor dieser Schattenlandschaft geschützt zu sein. Dort draußen war es zu heiß und zu grell, hier um den Sessel herum fast kühl und schwer. Beides schien gleich bedrohlich für jemand zu sein, der verzweifelt versuchte, mit sich selbst ins Reine zu kommen, nüchtern und realistisch darüber nachzudenken, was nun ungewöhnlich und was normal an den Vorgängen war. Wenn er mit dem Sessel genau bis zur Grenzlinie hätte vorrücken können, wenn er sich in den Halbschatten setzen, ein wenig Sonne und ein wenig Kühle gleichzeitig hätte genießen können, vielleicht wäre er dann in der Lage gewesen zu entscheiden, ob die Vorgänge im Institut noch einer Untersuchung bedurften. Aber Halbschatten gab es nicht. Hier war weiß, dort schwarz, hier war

Sonne, dort Schatten, dazwischen nichts, nur ein entweder oder.

Entweder war alles normal und leicht zu erklären: Corry hatte sich zu Tode gekifft, Klaus Wegmann war an einem Herzversagen gestorben, Julian und Terry hatten die Nase voll oder ein lukrativeres Angebot angenommen, Tom war zu unvorsichtig und zu schnell gewesen. Oder es gab noch Beziehungen, die einer Klärung bedürfen: der Einfluss des Magischen auf das Experiment und seine Auswirkungen auf die, die es an sich selbst versucht hatten. Die Frage, *was genau* sie versucht hatten. Vielleicht wollten sie exakt in diesen Bereich eindringen, der zwischen Schwarz und Weiß, zwischen Hell und Dunkel lag, der vorstellbar, aber auch nie greifbar war? Vielleicht wollten sie sich mit ihrem Stuhl nur auf die nicht existierende Linie zwischen Schattenreich und Sonnenland setzen und von dort aus den Blick hin und her gleiten lassen, vergleichen können, auswählen können, sich für eine Seite entscheiden können? Oder einfach nur sehen, was es da zu sehen gibt?

Martin rückte mit Sessel und Weinglas umständlich zu der magischen Linie hin. Sein rechtes Bein lag im Schatten, ebenso wie sein rechter Arm. Seine linke Körperhälfte erwärmte sich in den Sonnenstrahlen. Wenn er das linke Auge zukniff, sah er mit dem rechten den Schatten seiner Nase.

Die andere Seite lag im Licht und begann, leicht zu schwitzen. Ein interessantes Experiment: Ging jetzt diese harte Trennungslinie durch ihn hindurch oder lief sie quer und sauber unterscheidend über seinen Körper, teilte ihn in Schatten und Sonne, oder hatte er sich jetzt selbst zum Halbschatten gemacht? Wenn es jetzt existierte, dann war es auch wirklich. Und wirklich existierte es nur im Kopf.

Der Wein wurde in der Sonne warm, und er musste ihn von der einen in die andere Hand wechseln.

Zuvor war er noch in der Sonne gewesen, jetzt im Schatten. Wenn er ihn jetzt trank, wo war er dann?

Er hätte zwei Gläser benötigt, in jeder Hand eines, in jeder Welt eines, um sie dann gleichzeitig und gleichmäßig austrinken zu können. Nur dann konnte das Experiment als gelungen gelten. Nur dann würde er den Wein aus der Sonnenwelt und den aus der Schattenwelt in sich vereinigen. Dabei war der Wein an sich schon ein Zwischenwelt-Produkt. Die Trauben reiften in der Sonne, ihr Saft wurde in geschlossenen Fässern und in dunklen und kalten Kellern zur Reife gebracht. Weintrinken selbst war schon eine Zwischenwelt-Erfahrung. Wozu Computer oder andere obskure Mittel, wenn schon ein paar Gläser Wein und ein Stuhl ausreichen? Die Beschränkung auf das Notwendige hatte schon immer die größten Erfolge gebracht.

Rodriguez kam aus dem Schatten heran, wechselte ins Sonnenlicht und füllte das ihm entgegengehaltene Glas nach. Das Sonnenlicht brach sich in der dunkelroten Flüssigkeit und verschwand im Schatten.

Martin lehnte sich in dem Sessel zurück, nahm einen großen Schluck von der kühlen und schweren Flüssigkeit und spürte, wie ihm die Augen zuzufallen drohten. Feiner, trockener Sand wurde vom Wind hochgewirbelt, auf die Mauer zu und versank unsichtbar in ihrem Schatten. Grillen zirpten gegen die Gitarrenakkorde an, verbanden sich mit Blätterrauschen und Grasrascheln. Martin hätte sich jetzt gern in die Hängematte gelegt, widerstand aber der Versuchung, sich zu erheben. Genau jetzt war einer jener Zeitpunkte, die spontanes Handeln verlangten, in denen Geschichte geschrieben werden konnte, wenn man dem übermächtigen Verlangen nach Ruhe und Bewegungslosigkeit entgegenwirken konnte, wenn man sich aufraffen konnte, eine noch so geringe kreative Tat zu vollbringen. Martin spürte, dies war ein solcher Zeitpunkt, und er spürte auch, dass er jetzt nicht zu außerordentlichen Taten in der Lage war. Sein Wille, etwas zu unternehmen, floss genauso zäh in seinen Adern wie die Schläfrigkeit in seinem Kopf. Man müsste die Dinge und Geschehnisse nur aus dem Kopf herausbringen, mit den Gedanken bewegen und manipulieren können. Das war wahre Magie, nur mit Wille und Vorstellung die Wirklichkeit zu beeinflussen, sie zu bewegen, sie zu beherrschen. Sein Blick fiel auf den alten Magier, der in der Hängematte schlief, und weiter auf Rodriguez, der ruhig und tief auf der Bank vor der Hauswand atmete. Siesta.

Sie lagen dort im Schatten, geschützt von Haus und Mauer, er saß hier draußen auf der Grenze zum Unbekannten, ungeschützt und mit nackten Füßen, gegen seine Vorstellungen ankämpfend. Er fühlte sich wie ein ferngesteuerter Satellit, ausgesandt, das bekannte Universum zu erforschen und weiter in das unbekannte vorzudringen. Umlaufbahnen und Ellipsen statt Geraden und Dreiecken. Das Hineinsaugen in das Spiel von Formen, Farben und Gerüchen der ihn umgebenden Natur, statt fraktaler Grafik und Computergeometrie. Was genau hatten sie mit ihrem Experiment beabsichtigt? Und was genau hatte jeder für sich erreicht?

Martin hatte geglaubt, dies durch seinen Selbstversuch in Erfahrung bringen zu können. Jetzt saß er hier, in der Zone zwischen gleißendem Licht und Schatten, in der Zone, die kein Raum, sondern nur eine gedachte Linie war, saß hier, selbst nicht Licht nicht Schatten, bewegte nichts außer seinem Gedankenstrom, und selbst das nur mit äußerster Anstrengung. Vielleicht war das beabsichtigt, die Reduktion auf sich selbst: das *Cogito ergo sum*?

Ich denke, also bin ich. Ich denke mir alles so, wie es sein sollte, und dann wird es so, wie ich es denke. Nein.
Ich denke es so, und dadurch ist es für mich so und nicht anders. Nein. *Ich denke, und da ich so bin, wie es ist, denke ich auch so, wie es sein sollte.* Nein. *Es sollte so sein, wie ich es mir denke.*

Sandstaub trieb in seine halbgeschlossenen Augen. Tränenspuren verwischten die roten Blüten des Mohn zu Farbflecken in grüngelber, zitternder Landschaft. Naive Kinder müssen wir bleiben, die niemals ihre Unschuld verlieren und darum immer alles für möglich halten. Kinder und Betrunkene sehen die Welt so, wie sie sein könnte. *Ich sehe, also bin ich. Es sollte so sein, wie ich es sehe. Ich fühle mich so, wie es ist.*

Die getigerte Katze streckte sich, in ihrem rosa Maul zitterte eine lange rote Zunge. Sie richtete sich auf, das Hinterteil zuerst in die Luft gereckt, die Vorderpfoten weit ausgestreckt, und lief mit erhobenem Schwanz auf Martin zu. Sie strich zweimal an seinen ausgestreckten Beinen entlang und ließ sich dann mit einem Seufzer, der eher einem Schnaufer glich, unter dem Sessel nieder. Sie hatte den Halbschatten gefunden, sie wusste, wo er war und brauchte nicht lange zu suchen. Martin saß zusammengesunken in dem Sessel über der Katze und war dankbar über ihre Anteilnahme. Helfen konnte und wollte sie jedoch nicht. Er hörte sie unter sich schmatzen, als wolle sie sagen: Das musst du selbst herausfinden, das ist allein deine Wirklichkeit. Vielleicht musste man eine sehr genaue Vorstellung von dem haben, was das Experiment bewirken sollte, um es auch selbst empfinden zu können. Vielleicht empfand man auch nur das, was man sich vorher vorgestellt hatte. Es geschah oft das, was man erwartet hatte. Erfahrung und Wahrscheinlichkeit.

Martin trank den letzten Schluck aus dem Glas, dessen Gewicht mit dem Sonnenstand zuzunehmen schien. Er ließ es auf den Sandboden sinken, wo es leicht zur Seite rollte und einen gebrochenen Lichtschein in den Schatten warf. Seine Hand, von dem schweren Gegenstand befreit, sank ebenfalls herab und pendelte sich ein. Alles schwingt in jenem Gleichklang, der von Wind und Wellen aufgenommen und weitergetragen wird. Er bewegt sich über Gräser, Büsche und Bäume hinweg, erfasst selbst Steine und Staub, streicht über weite Ebenen und durch Täler hinab zum Meer, wo er neue Kraft für weite Entfernungen gewinnt. Er streicht über die ganze Kugel hinweg, immer in rotierenden Bewegungen, sich selbst überlassen, sein Spiel treibend mit allem, was sich seiner Gewalt nicht entziehen kann.

Der Wind, die Materie, die es nicht gab, die man nur an ihren Auswirkungen spürte. Er besaß keine Atome und keine Struktur und war dennoch immer da. Er ließ sich vorhersagen und tat dennoch, was er wollte. Man spürte ihn auf der

Haut und konnte nur sagen, dass man ihn spüre, aber nicht, was man da spüre. Es bewegten sich Haare, man fühlte Kälte und Wärme, aber man konnte nichts anfassen, nichts sehen, nur etwas hören. Dabei machte der Wind selbst keine Geräusche. Er war wie eine Gitarre, die von selbst auch nicht spielte. Geräusche machten die Dinge, die vom Wind bewegt wurden. Geräusche machte die Gitarre, wenn ihre Saiten bewegt wurden.

Der Wind war nur immer da, mal leicht, als Brise oder zarter Lufthauch, dann zunehmend und stark, bis er als Sturm über die Welt hinwegbrauste, die Dinge, die sich nicht wehren können, mit sich riss und in die Luft erhob. Ikarus.

Mit dem Wind aufsteigen, im Einklang mit seiner Kraft, Kreise ziehen. Das eigene Gewicht verlieren, nur noch die Bewegung des Windes spüren, von allem befreit, was sonst als Körper der Schwerkraft unterliegt. Als würden nur die Gedanken kreisen, schwerelos dahintreibend, ohne Ziel und Zweck, sich selbst überlassen.

Ich kreise, also bin ich. Gedankenflug.

Martins Kopf sank zurück auf die harte Lehne des Sessels, rutschte zur Seite, sein rechter Arm hing im Schatten bis auf den Boden hinab, mit den Fingerspitzen den Sand streifend, und er schlief ein. Seine Träume hoben sich mit dem Wind empor in den blauen Himmel und zogen weite, scheinbar endlose Kreise. Computerbildschirme und Weingläser streiften an Katzen und Sesseln vorbei, Gitarrenakkorde verbanden sich mit dem Rauschen von Meer und Wind. Lächelnde, dunkle Gesichter mit harten Falten, von Wind und Sonne gegerbt, flüsterten ihm zu. Wortfetzen wurden vom Wind fortgetragen, wieder zusammengesetzt, endlos aneinandergereiht, entschlüsselt und neu codiert, bis nur noch ihre Melodie blieb.

22

Er hatte das getan, was er tun wollte und musste und im gleichen Augenblick schon wieder verwerfen wollte: Er hatte die Unterlagen auf einer DVD gespeichert und zusätzlich ausgedruckt. Martin starrte auf den Stapel Papier, der sich selbst sauber hinter dem Drucker zusammengefaltet hatte, als müsse das so sein, als würden geordnete Gedanken auf Papier auch geordnet und sauber gefaltet zusammenfallen. Da lag es nun, das Wissen von Klaus Wegmann und seinen Mitarbeitern, von Druckerdüsen auf Papier gesprüht. Martin hatte das zweite Passwort, obwohl er es mittlerweile kannte, es hieß *Santana*, nicht benutzt. Damit wurde der Ausdruck zum einzigen, nicht wiederholbaren Ausdruck. *Castaneda* und *Santana*. Passworte, die über den rein wissenschaftlichen Bericht weiter hinein geführt hätten in das, was sich hinter der Wissenschaft abspielte. Was verborgen lag und verborgen worden war. Martin brauchte den zweiten Bericht nicht auszudrucken. Er konnte sich denken, welche Beschreibungen und Formulierungen er enthielt.

Jetzt gerade wurde alles gelöscht, was das System mit Namen Harry darüber wusste. Erinnerungen einer Maschine an

Vorstellungen und Gedanken von Menschen. P.K. Norder beugte sich erfreut über den Papierstapel, wog ihn in der Hand, als schätze er seinen Wert, und lächelte. Martin bedauerte, diese Theateraufführung inszeniert zu haben. Er hätte gut allein hierher kommen, den Ausdruck starten, und ihn dann später Norder übergeben können. Irgendwie hatte er aber dem Impuls nachgegeben, zeigen zu müssen, dass er etwas geleistete hatte. Vorführen zu müssen, dass er sein Geld wert war. Martin hörte die wohlgesetzten Worte, hörte, wie Norder von Erfolg und Vertrauen sprach, aber auch von Diskretion, von einer besonderen Situation, die auch entsprechendes Handeln erfordere. Martin hörte zu und nickte. Es blieb immer noch die Frage unbeantwortet, ob seine Arbeit eher als Aufdecken oder als Vertuschen gedacht gewesen war.

Hinter dem matten Bildschirm wurden gerade die Erinnerungen an Klaus Wegmann und Corry gelöscht. Die Erinnerungen an eine Idee, deren Erfolg nicht absehbar gewesen war, wohl aber deren Konsequenzen. Er hörte dem Abgesang seines Auftrags zu und spürte gleichzeitig, dass er doch noch nicht ganz beendet war. Der Geldbetrag, den er erhalten hatte, reichte ohnehin für mehr, als er vollbracht hatte. Aber darum ging es eigentlich nicht mehr. Martin war über das Stadium hinaus, sich vor sich selbst für die Summen, die er erhielt, rechtfertigen zu müssen. Es waren die anderen, die in harter Währung bezahlten, aber auch er selbst bezahlte häufig mit schmerzlichen Erfahrungen.

Martin schüttelte die ihm entgegengestreckte Hand, löste den Blick widerwillig von dem matten Bildschirm, der nicht anzeigte, was hinter ihm Bedeutsames vorging. Sie wechselten noch einige belanglose Sätze: dass er noch ein wenig bleiben und Urlaub machen wolle, dass die Arbeit ihn gereizt hatte, dass ihn der Erfolg ebenso befriedigt habe, dass er dem Projekt für die Zukunft mehr Glück wünsche. Martin Silber, der Magier und Scharlatan.

Als er den Raum verließ, warf er einen letzten Blick zurück auf den weiß gekleideten Mann, der vor dem Computer stand, mit dem Papierstapel unter dem Arm, der DVD in der Hand, als überlege er, was nun weiter zu tun sei. Hier der weiße Mann mit dem Computerausdruck, dort der schwarze Mann mit den Fläschchen und Kräutern. Beide in ihrer Welt gefangen, hatten sie sich an den Nahtstellen ihrer sonst so verschiedenen Kreisbahnen berührt und beeinflusst. Und das nur, weil nebenan auf dem Museumsgelände die Vergangenheit aufgebrochen, nein, wieder aufgebrochen worden war. Ein aus dem Boden steigender Geruch hatte sich ausgebreitet, bis hinüber auf das Institutsgelände. Wispernde Stimmen aus der Vergangenheit hatten Ohren erreicht, die geschult darin waren, den tiefer liegenden Sinn darin zu entdecken.

Worte waren zu Zeichen geworden und Zeichen zu Symbolen. Corry war im Institut gestorben, Klaus Wegmann auf dem Museumsgelände. Selbst im Tod noch zeigte sich der Zusammenhang: hier die Wissenschaft, dort die Mystik. Dazwischen der Versuch einer mystischen Wissenschaft. Es gab noch etwas zu tun.

Martin fühlte sich frei und ungebunden in seinen Entscheidungen. Er war jetzt Privatmann, nur noch Menschen verbunden, die er verstehen gelernt hatte und die für ihre Ideen gestorben waren. Und schon nicht mehr frei, denn jetzt blieb noch ein nicht ausgesprochenes Versprechen, der Versuch einer gerechten Vergeltung für das, was geschehen war. Martin Silber, nicht handeln ist Gold.

Er schüttelte unwillig den Kopf und ging über den gepflegten Rasen am Swimmingpool vorbei, kroch durch das Loch im Zaun auf das Museumsgelände. Hier hatte alles angefangen, und hier würde es auch enden. Angefangen hatte es mit einer geselligen Zusammenkunft, aus einer Schnapsidee geboren. Die nächtlichen Vorführungen und Scharlatanerien eines alten Magiers vor einem Publikum, das plötzlich und unerwartet zu begreifen und, schlimmer noch, zu glauben begonnen hatte.

Eine verrückte Séance unter freiem Himmel, auf dem historischen Boden eines verfallenen Kolosseums.

Martin konnte sich die Stimmung und den Alkoholkonsum ausmalen. Und es war nicht nur Alkohol im Spiel gewesen. Der alte Mann hatte seine Kunst vorgeführt, und sein Lehrling hatte geholfen, ohne sich etwas dabei zu denken. Er selbst hatte weniger der Kunst vertraut, die sein Onkel vielleicht wirklich beherrschte, und mehr die Vorführung genossen, so wie man die Tricks eines Illusionisten eben genießt.
Irgendwann im Laufe der Nacht war dann aus der Vorstellung mehr geworden, hatte sich gezeigt, dass der kleine Mann Macht besaß, und wenn auch nur über Menschen.
Martin ging nachdenklich über den halb restaurierten Platz, auf dem vor einigen Hundert Jahren reges Treiben geherrscht haben mochte. Heute lag er leer und verlassen in der Sonne, nur ab und zu in seiner Ruhe gestört von den wenigen Touristen, die sich der Mühe unterzogen, die Stufen hinter dem Museum hochzuklettern, sich der prallen Sonne auszusetzen und dafür mit einem gut erhaltenen Mosaikboden entlohnt zu werden.
Hier wollte er sich mit Rodriguez treffen, der nicht nur zwischen Spanisch und Deutsch übersetzt, sondern auch zwischen zwei Welten vermittelt hatte. Der mittlerweile froh darüber war, dass sich ein Ende einer Entwicklung herbeiführen ließ, die er mit initiiert hatte, ohne daran zu denken, was sich daraus ergeben könnte. Der alte Mann hatte Martin

ruhig zugehört, ebenso ruhig und scheinbar gelassen auf Rodriguez' Übersetzung gewartet, hatte genickt, sich in seiner Hängematte zurückgelehnt und geschwiegen. Eine unendlich lange Zeit, in der nur das Rauschen von Blättern und das Summen von Insekten zu hören gewesen war, hatte er da gelegen, sich im Nacken gekratzt, seinen Strohhut auf dem Kopf hin und her gedreht, als wäre eine bestimmte Stelle bedeutsam, als müsse er genau auf diese eine Art auf dem Kopf sitzen, damit eine Entscheidung gefällt werden konnte. Er hatte geseufzt und vor sich hin gemurmelt, die Hände hinter dem Nacken verschränkt und auf die Wiese hinausgeblickt. Endlich, Martin hatte schon geglaubt, er sei wieder eingeschlafen, hatte er sich aufgerichtet, auf den Boden gespuckt und zu reden begonnen. Ein Schwall von Worten und halben Sätzen hatte sich aus der Hängematte herab über sie ergossen, so schnell und abgehackt, dass Rodriguez kaum nachkam.

Martin war froh über seine eigene, vorsichtige Ansprache gewesen, in der er mehr um Hilfe gebeten hatte, als Anklage zu erheben. Er hatte es bewusst vermieden, von Schuld zu sprechen oder nach Ursachen zu suchen. Er hatte nur versucht zu erklären, es sei noch etwas zu tun, sie alle seien noch gefordert.

Jetzt zeigte sich, dass er richtig gehandelt und geredet hatte. Der alte Mann stimmte ihm zu. Er war bereit, alles zu tun, was in seiner Macht stand, um die Erlösung von einem Bann, wie er es nannte, zu erreichen. Wobei keineswegs klar wurde, wer den Bann ausgesprochen hatte, oder ob nur Regeln verletzt worden waren, die die Ereignisse zwangsläufig ausgelöst hatten. Martin hatte den Eindruck, sie sprächen in zwei Sprachen von unterschiedlichen Zusammenhängen, die ein und dasselbe betrafen. Rodriguez musste öfter nach Worten suchen, als sei er sich nicht sicher, welche Bedeutung er nun wiedergeben musste, welche wichtig und grundlegend und welche nur bildlich und nebensächlich gemeint war.

Er benutzte Worte wie *Körper*, *Seele* und *Traum*, wie *Weg* und *Suche*, sprach von jenem Ort, den alle zu erreichen suchten, den aber nur wenige in ihrer Zeit fanden. Der gewohnte Sinn der Worte begann sich zu verschieben, je länger er den Monolog des Alten übersetzte, dessen Rede nun weniger abgehackt und unsicher wirkte. Je länger er sprach, desto sicherer wurde er offensichtlich, desto entschiedener drängte sich eine Idee in den Vordergrund, was zu tun sei.

Abschließend hatten sie ein Treffen vereinbart, jedem war eine bestimmte Aufgabe zugewiesen worden. Selbst Martin fühlte sich miteinbezogen in das Team, das in die Speichen der Räder der Zeit greifen musste, um etwas zu korrigieren, was so, wie es geschehen war, nicht hätte geschehen sollen. Worin ihre Aufgabe bestand und wie sie zu lösen war, wodurch der gleichmäßige Lauf der Zeit empfindlich gestört worden war und wie sich das bemerkbar machte, auch darüber sprach der alte Mann. Aber entweder lag es an Rodriguez' vergeblicher Übersetzung oder es lag an der Vergeblichkeit der Sprache schlechthin, dass Martin keine Vorstellung davon gewinnen konnte. Er hatte wieder einmal einen Mechanismus in Gang gesetzt, ohne zu wissen, wie das geschah und was genau jetzt geschehen würde.

Nun stand er hier in der Sonne auf dem Plateau, umgeben von Mauerresten und schlanken Nadelbäumen, die er für Pinien hielt, und wartete auf Rodriguez, der nach Vollendung seines Teils der Aufgabe zu ihm stoßen sollte. Martin hatte eine Taschenlampe besorgen müssen, ein langes und starkes Tau, Kerzen und trockenen Tang, der gar nicht so leicht zu finden gewesen war. Dann hatte er Harz von Bäumen sammeln müssen, die er sich genau hatte beschreiben lassen müssen, da es offensichtlich wichtig war, dass das Harz von ihnen stammte und nicht von irgendwelchen anderen Bäumen. Feinen Sand von einer ganz bestimmten Stelle hatte er in einer Plastiktüte sammeln müssen, ein paar Muscheln und das Skelett eines Fisches, das er in Rodriguez' Mülltonne gefunden hatte, da er sich an ihr Fischessen vor ein paar Tagen erinnert hatte.

Alles in einer Plastiktüte neben sich, stand er da und schaute Rodriguez entgegen, der die Stufen emporkam, eine neon-

gelbe Tasche unter dem Arm, die in großen schwarzen Lettern für etwas warb, was Martin nicht kannte. Schweigend gingen sie nebeneinander durch das rechtwinklige Netz von Mauerresten und Wegen bis zum Ende der Ausgrabungsstätte, über eine vertrocknete Wiese auf ein Gebüsch zu, aus dem ein verfallenes Dach herausragte. Hinter dem Gebüsch begann ein schmaler Trampelpfad, der die zum Meer abfallende Wiese überquerte und zu einem verfallenen Haus führte, in das sie durch ein Loch in der Mauer eindrangen. Martin sah im Schein seiner Taschenlampe Holzreste von ehemals großen Fässern, Gestelle, deren Verwendungszweck er nicht erraten konnte, und ein paar Stühle und Tische. Sie stiegen die ausgetretenen und von Unrat überfüllten Stufen in ein Gewölbe hinab, das wohl einmal als Weinkeller gedient hatte. Martin musste sich bücken, um nicht mit dem Kopf an die halbrunde und gemauerte Decke zu stoßen. Sie krochen mehr, als dass sie gingen, bis in den hintersten Winkel des Kellers, ließen sich dort vor einem noch unversehrten, riesigen Fass nieder und breiteten die Utensilien vor sich aus, die sie auf Geheiß des Alten eingesammelt hatten, und begannen zu warten.
"Meinst du, er wird auch kommen?"
Rodriguez nickte nur und zupfte die Sachen zurecht, die er der neongelben Tasche entnahm: eine schwarze Radfahrer-

hose, eine kleine Schmuckdose, ein paar Farbfotos, ein indianisches Armband und eine weiße Pfeife. Martin legte die Aufzeichnungen von Klaus Wegmann dazu und komplettierte damit die Sammlung. Er ließ die klebrigen Harzbrocken auf den staubigen Boden kullern, schichtete Tang und Sand vorsichtig nebeneinander auf, wickelte das Tau zu einem Kreis, zog das stinkende Fischskelett mit zwei Fingern etwas weiter von sich weg und stellte die mitgebrachten Kerzen wie kleine, glasige Soldaten nebeneinander auf den Boden. Rodriguez nahm die Kerzen, ordnete sie in einem Kreis um den Besitz der Verschwundenen und Toten herum und zündete sie an. Das flackernde Licht der Kerzen machte den Schein der Taschenlampe überflüssig und verlieh ihrer Anwesenheit den notwendigen mystischen Hintergrund.

Martin hätte jetzt gern etwas gesagt, aber Rodriguez wirkte ruhig und nachdenklich, fast andächtig und erwartungsvoll, wie ein Messdiener, sodass er diesen Impuls unterdrückte und sich auf Geräusche zu konzentrieren begann, die darauf hindeuten konnten, dass der alte Magier erschien. Ein wenig spielte Martin schon mit dem Gedanken, er würde nicht wie sie die Treppenstufen herunterkommen, sondern, wie es ihm zustand, plötzlich und unerwartet in ihrer Mitte erscheinen. Dann verwarf er den Gedanken wieder und begann für sich und Rodriguez Zigaretten zu drehen.

Sie saßen da, mit übereinandergeschlagenen Beinen, wie zwei Aborigines, wie zwei Indianer, wie zwei Relikte einer untergegangenen Kultur, unter den sorgsam und wissenschaftlich ausgebreiteten und aufbereiteten Resten einer anderen ausgestorbenen Rasse. Eine kulturelle Zwischenwelt, im Schatten von flackernden Kerzen. Martin dachte daran, dass eigentlich der Computerausdruck jetzt hierher gehört hätte oder einer von Harrys Bildschirmen.

23

Der alte Magier saß vorgebeugt an dem kleinen Feuer, das er im Kreis der herunterbrennenden Kerzen sorgsam mit Tang und Harzstückchen fütterte. Martin war sich nicht sicher, ob er ihn leise summen hörte, oder ob er nur den Wind hörte, der sich einen Weg zu ihrer mystischen Stätte suchte. Tang und Harz verbreiteten einen eigentümlich süßen und vermoderten Geruch, wenn sie knisternd in den Flammen des Feuers lagen. Der Tang loderte plötzlich auf, entzündete sich und verbrannte in einer sich aufbäumenden zitternden Flamme. Das Harz lag still und ruhig in den züngelnden Flammen, wurde weich, begann zu zerfließen, warf Blasen, um dann ebenso plötzlich wie der Tang ein Opfer des Feuers zu werden. Zurück blieben nur feine Aschenklumpen und faserige Kohleschnüre. Die faltigen Schattenhände des Alten vermengten sorgsam den feinen Sand mit einem weißen Pulver, das sie der schwarzen Ledertasche entnahmen, die er mitgebracht hatte. Rodriguez blies das Pulver aus den emporgehaltenen Händen ins Feuer, wo es glitzernd niedersank und einen betäubenden, schweren Geruch verbreitete.

Martins Augen begannen zu tränen, die ohnehin nur schemenhaften Schattengestalten ihm gegenüber schienen zu einer einzigen Gestalt zu verschmelzen. Beide wiegten sich hin und her, als müssten sich die Körper den Bewegungen der Rauchschleier über dem Feuer angleichen, sich in Einklang bringen mit dem betäubenden Atem des kleinen Feuers. Sie stimmten einen tiefen Singsang an, der ruhig durch das Gewölbe schwebte, hinter den abziehenden Rauchschwaden her. Martin spürte, wie sein Oberkörper mit der Melodie und den schwerelosen Düften zu schwingen begann. Die Wirkung des Rauches glich derjenigen des schweren Rotweins, er fühlte sich gleichzeitig schwerelos und dennoch fest in dem staubigen Boden verwurzelt. Spanische Worte und Sätze drangen unübersetzt über die Flammen zu ihm herüber. Harte und gutturale Laute wechselten mit weichen und fast gesungenen Vokalen. Sprache und Summen wurden von einem mit den Füßen gestampften Rhythmus zusammengehalten, der die Flammen der Kerzen zittern ließ und fast zum Erlöschen brachte.

Vier Hände strichen über die Flammen des Feuers, vermengten eine unsichtbare Aura, zogen Rauchschwaden hinter sich her, schwebende Lichtteilchen. Die Hände schienen sich mit zunehmender Geschwindigkeit einander annähern zu wollen. Ihre Konturen verschwammen vor den Augen zu einer einzigen großen und faltigen Hand, mutierten dann wieder zu kleinen Knospenhänden, die seltsam fingrige Bewegungen vollführten.

Martins Hände wurden in diesen Reigen hineingesogen, wärmten sich an Flammen und Rauch, brannten und schwitzten, strichen kühlen Wind in das Feuer und schöpften heiße Dämpfe aus ihm heraus.

Die schwarz glänzende Fahrerhose glitt durch ihre Hände, schwebte im Kreis über dem Feuer und dem Kerzenring, wurde dann vorsichtig niedergehalten und verschmolz mit dem Feuer. Ihr folgten die anderen mitgebrachten Gegenstände, jeder ein Stellvertreter für die Person, die ihn besessen hatte.

Nun wurden sie von den Flammen in Besitz genommen. Martins Hände zuckten leicht, als Klaus Wegmanns Aufzeichnungen in die Flammen glitten. Er wusste selbst nicht, ob das eine Reaktion auf die Hitze der Flammen war oder der Wunsch, sie vor dem Feuer zu retten.

Schwerfällig stand der alte Mann auf und begann, das Feuer mit unsicheren Schritten zu umkreisen. Er wankte hin und her, als könne er sich nicht für eine Richtung entscheiden, fand jedoch immer wieder in die Nähe des Feuers zurück. Seine zuerst nur gemurmelten Worte wurden mit jeder Umkreisung lauter, bis sie zum Schluss laut herausgeschrien in dem Gewölbe widerhallten. Das Knistern des Feuers, die schlurfenden Schritte des Magiers auf dem staubigen Boden, seine Rufe waren alles, was an Geräuschen von der Umwelt übrig blieb. Martin musste husten und schluckte den schweren und scharfen Geschmack des Rauches hinunter, der sich in seinem Magen festsetzte, als wolle er sich dort für immer festkrallen. Er wischte sich mit den Handrücken die Tränen aus den Augen und roch den würzigen Geruch seiner Haut. Den Atem des Feuers, harzig, fremd, und doch würzig und vertraut.

Das dicke Seil wurde um seinen Körper geschlungen, weitergeführt um das Feuer herum, ringelte sich um Rodriguez' Oberkörper und folgte unsichtbaren Händen in den Schatten hinein. Sie standen auf, bewegten sich dem Tau hinterher und beschrieben mit ihren Schritten Kreise und Figuren im Staub des Kellergewölbes. Kein mythischer Tanz, sondern der lange Weg von Sklaven auf dem Weg zur verheißenen Freiheit.

Als in seinen eingeschlafenen Beinen das Blut wieder zu zirkulieren begann, wurden sie von dem Tau befreit, das wie eine lebendige Schlange ins Feuer kroch und dort den Weg alles Verbrannten antrat.

Mit einem lauten Aufschrei stürzte der alte Mann sich nun in das Feuer und begann, es mit bloßen Füßen auszutreten. Martin hätte ihn beinahe an der Schulter festgehalten, stand jedoch nur fasziniert da und beobachtete den Kampf der ledrigen Haut gegen die züngelnden Flammen.

Das Feuer erlosch, die Kerzen wurden von zuckenden Bewegungen umgestoßen und verloren ihre rotgelben Flammen. Es wurde schwarz und still, nur von der verfallenen Treppe her fiel ein zaghafter Lichtschein zu ihnen herunter. Der unsichtbare Rauch des erloschenen Feuers nahm ihnen fast den Atem. Martin saß still da, lauschte auf Geräusche, wartete auf Worte, die anzeigen konnten, dass das Ritual beendet war.

Er fühlte eine Hand auf seiner Schulter und richtete sich auf, folgte ihr mit tastenden Schritten die Treppenstufen hinauf, blinzelte gegen das grelle Sonnenlicht und ließ sich neben Rodriguez im Gras vor dem Loch in der Wand nieder. Ob der alte Mann noch unten im Gewölbe saß, vor den Resten des erloschenen Feuers, und die letzten rituellen Worte sprach, die zur Vollendung notwendig waren?

Oder war er längst fortgegangen, zufrieden mit dem Ergebnis, durstig und längst mit seinen Gedanken bei den erfreulichen Dingen des Lebens, die ihn mehr interessierten als die Dunkelheit in rauchigen Gewölben?

Martin dachte an die weiße Pfeife, die sich den Flammen widersetzt hatte. Sie lag noch dort unten als weißes Skelett in den verkohlten Resten der anderen Gegenstände, die sich zu Aschenklumpen verwandelt hatten. Als wolle sie sagen: Seht her, mein Besitzer kann euch widerstehen, so wie ich eurem Feuer trotze.

"Hier, nimm einen Schluck." Rodriguez hielt ihm eine bauchige Flasche entgegen. Martin trank in hastigen Schlucken von dem kühlen und erfrischenden Gemisch aus Alkohol und Fruchtsäften.

"Wo ist er hin?"

Rodriguez lachte und trank ebenfalls aus der Flasche. "Das gehört zu seinen Lieblingskunststücken. Am Ende seiner Vorstellung gelingt es ihm immer zu verschwinden, ohne dass es die anderen bemerken."

Er mochte jetzt das Museumsgelände längst verlassen haben, auf dem Weg in eine Bar, zu einem Espresso, oder, was wahrscheinlicher war, zu einem kräftigen Schluck Rotwein. Danach würde er wieder in seiner Hängematte liegen, die Gitarre quer über dem Bauch, und seine Akkorde mit dem Wind in die Wiesenlandschaft hinaussenden.

Martin sah dem Rauch seiner Zigarette nach, der die Wiese hinabschwebte, auf das Meer zu, ohne es jedoch erreichen zu können. Hier, wo jetzt sonnenverbrannte Wiese war, hatte vor Jahrhunderten der Hafen gelegen, wo heute die Blüten von Mohn und stacheligem Unkraut im Wind hin und her pendelten, hatten Schiffe auf den Wellen geschaukelt.

"Was glaubst du, haben wir etwas anderes gemacht, als Gegenstände zu verbrennen, die uns nicht gehören?"

"Das hängt davon ab, was wir glauben." Rodriguez wiegte den Kopf hin und her, als pendle der im Wind mit den Blüten mit. "Der Magier kennt und vollzieht die Riten, die Initiierten müssen seinen Worten mit ihrem Glauben Ausdruck verleihen. So hat er jedenfalls immer gesagt. Nicht das, was er tut, sei wichtig, sondern das, was die anderen sich davon erhoffen und was sie damit anfangen."

Martin hatte einen bunten Ball geworfen, der ihm jetzt wieder zugespielt wurde. Die einen spielten mit ihren technischen Geräten, der andere nur mit Feuer und Kerzen. Ein Spiel nach Regeln, die befolgt wurden, die aber nicht allen bekannt waren. Wie hatte Corry gesagt? *Der Weg allein ist schon das Ziel.* Das Spiel allein war schon Zweck genug.

Immerhin hatte alles mit einer Vorstellung des Magiers begonnen, vielleicht reichte diese weitere Vorstellung aus, um alles enden zu lassen. Martin hatte lediglich den Wunsch verspürt, das Pendel noch einmal zur anderen Seite ausschlagen zu lassen, um alle Bewegungen, die stattgefunden hatten, zu einer gleichmäßigen, in sich ruhenden Bewegung zu verschmelzen. Er hatte immer noch seine Zweifel, ob es gelingen konnte, eine solche Macht über die Bewegung des Pendels auszuüben, es auch außerhalb seines eigenen Körpers und seines eigenen Willens zu beeinflussen. Wie stark wurden die Schwingungen der anderen durch seine eigene Pendelbewegung beeinflusst? Wie leicht oder wie schwer war es, Einfluss auf das Lebenspendel von anderen zu nehmen?

Martin hatte gehofft, der Ritus des Magiers würde darauf eine gültige Antwort bringen, war sich aber nun nicht sicher, ob es einer solchen Antwort überhaupt bedurfte. Ihm schien es, als könne er mit dem, was er getan hatte, zufrieden sein. Und das, obwohl er nicht sagen konnte, was daran so zufriedenstellend war. Eigentlich hatte er gar nichts getan, außer etwas in Gang zu halten, was noch nicht abgeschlossen schien. Und wenn es nur die magischen Bewegungen eines eingebildeten Pendels waren. So wie er sich über die Auswirkungen des Experiments nicht sicher gewesen war, so war er auch jetzt nicht sicher, was sich durch ihre schwarze Messe geändert hatte.
"Ich frage mich, was das alles gebracht hat."
Rodriguez verstand das nicht als Feststellung, sondern als Frage, die beantwortet werden musste.
"Weshalb müssen wir immer Gründe angeben können, warum wir etwas so und nicht anders gemacht haben? Ich glaube, entscheidender ist, dass wir etwas tun, selbst wenn wir nicht genau wissen, was wir damit letztlich erreichen werden. Es gibt so viele Dinge, die einfach getan werden müssen, dass es keine Rolle spielt, wann und von wem sie getan werden. Hauptsache, sie geschehen einfach."
Rodriguez zuckte mit den Achseln. "Wir können jetzt schwimmen gehen oder aufs Meer hinausfahren und Fische fangen, wir können uns in dein Cabrio setzen und durch die

Berge fahren, wir können uns an den Strand in die Sonne legen, was macht das für einen Unterschied?"

Seine Hände vollführten eine weitausholende Bewegung durch die Landschaft, als wolle er anzeigen, in welchem Maße genug Raum und Zeit für jede Art von Betätigung da sei.

"Was hältst du davon, wenn wir zuerst Tom im Krankenhaus besuchen? Ich habe versprochen, ihm etwas Obst und etwas zu trinken zu besorgen."

Das Naheliegendste war eigentlich immer das Beste. Wobei nur manchmal schwierig war festzustellen, was denn nun naheliegend war.

Mit Martins Cabrio fuhren sie zum alten Markt in L'Escala, wo Rodriguez die notwendigen Besorgungen machen konnte, und dann weiter zum Krankenhaus, dessen Geruch Martin immer noch nicht mochte.

Tom saß aufrecht in seinem Bett, den Kopf nur noch zum Teil bandagiert und grinste ihnen entgegen.

"Ich habe schon gedacht, ihr kommt nicht mehr. Wo ist dein Zaubertrank? Sie stopfen mich hier mit allem voll, ohne darauf zu achten, wie es schmeckt."

Tom nahm vorsichtig einen Schluck aus der Flasche, die Martin ihm reichte. Offenbar konnte er den Mund nur ein wenig öffnen und hatte Schwierigkeiten, den Saft nicht über die Mundwinkel zu verschlabbern. "Was ist mit meinem Fahrrad? Lässt es sich wieder reparieren?"

Rodriguez schüttelte den Kopf. "Du hast es ganz schön verbogen. Da, wo sonst das Vorderrad sitzt, befindet sich dein Sattel. Du wirst wohl eine neue Körperhaltung kreieren müssen, wenn du noch einmal damit fahren willst."

Das Lachen bereitete Tom Schmerzen, und er hielt sich den Kopf. Sie alberten solange herum, bis sie merkten, dass ihre Anwesenheit Tom anzustrengen begann. Mit dem Versprechen, sich um das Rennrad zu kümmern, verabschiedeten sie sich. Ohne darüber gesprochen zu haben, fuhren sie die Küstenstraße entlang Richtung Llansa, genossen den Wind, die Sonne und den Ausblick über das Meer. Es tat gut, sich mit etwas zu beschäftigen, ohne darüber nachdenken zu müssen, welchen Sinn und Zweck, welche Auswirkungen das hatte, was man gerade tat.

Sie setzten sich auf Felsbrocken hoch über dem Meer, dessen Brandungsgeräusch nur fern und gedämpft zu ihnen klang, sahen auf das Meer hinaus und verfolgten die Segelboote mit ihren Blicken, bis sie vom dunstigen Horizont verschluckt wurden. Der starke Wind trieb Surfer vor sich her, die mit artistischen Sprüngen die Wellen überquerten. Die bunten Segel vor dem blauen Himmel und dem dunkelgrünen Meer verstärkten den Eindruck, alles sei nur ein großartiges Spiel.

24

Martin war aus Klaus Wegmanns Appartement zu Rodriguez gezogen, hatte die Nächte auf der Couch verbracht, auf der sonst der alte Mann lag und Gitarrenmusik hörte. Sie waren durch die Gegend gestreift und hatten sich zusammen alles angesehen, was, abgesehen von Meer und Strand, einer Besichtigung bedurfte. Besonders hatte ihn die Altstadt von Gerona beeindruckt, was sicher auch an Rodriguez' Wissen um die Geschichte der Häuser und Kirchen gelegen hatte. Sie waren zusammen schwimmen gegangen, mit einem befreundeten Fischer nachts auf das Meer hinausgefahren und hatten eine Hochzeit in Pals besucht, zu der auch Rodriguez' Onkel gekommen war. Er hatte Braut und Bräutigam in einer kurzen Zeremonie zusammengeführt, nachdem sie schon in der Kirche getraut worden waren. Mit keinem Wort und keiner Silbe hatte er die Vorgänge auf dem Museumsgelände erwähnt.

Er war zu einem lustigen alten Mann geworden, in einem knapp sitzenden schwarzen Anzug, der viele Geschichten erzählen konnte und dazu vom Brautvater immer wieder angespornt wurde. Nach dem Festessen, das unter freiem Himmel

und in einer unüberschaubaren Menschenansammlung stattgefunden hatte, waren sie zum Institut hinausgefahren. Sie hatten das leer stehende Gebäude betreten, waren durch nackte Räume gewandert, hatten auf den hellen Fleck an der Wand geblickt, der von dem Gemälde in Klaus Wegmanns Büro übrig geblieben war. Unten am Tor befand sich ein gelbes Schild mit dem Hinweis, das Gebäude sei zu verkaufen. Sie hatten nicht miteinander geredet, sich nur kurz angeschaut, und waren dann hinüber auf das Museumsgelände gegangen. Hier hatte sich nichts verändert. Sie saßen jetzt im Schatten der ehemaligen Stadtmauer und blickten auf das runde, nur noch in Mauerfragmenten erhaltene Colosseum. Martin dachte daran, dass Harry jetzt irgendwo wieder zusammengesetzt worden war, ohne jedoch sein Wissen über Klaus Wegmann und Corry van Holst preisgeben zu können. Er fragte sich, welche Aufgaben ihm nun gestellt werden würden. Im gleichen Augenblick spürte er jedoch, dass es ihm eigentlich egal war.
"Woran denkst du?"
Rodriguez lag neben ihm, kaute auf einem Grashalm und sah ihn an.
"Ich frage mich, was passiert, wenn Archäologen mit immer neuen und verbesserten technischen Geräten in unsere Vergangenheit eindringen. Ob sie nicht zwangsläufig auf Dinge stoßen müssen, die bisher weit hinter dem gelegen haben,

was wir erfahren konnten. Ich frage mich allen Ernstes, ob sie nicht immer wieder zu den alten mythischen Wissenschaften und ihren Erfolgen vorstoßen, um dann irgendwann zu bemerken, dass diese nur eine andere Art von Wissenschaft darstellten, die den heutigen keineswegs unterlegen waren."

"Du denkst an die Pyramiden und wie exakt sie ausgerichtet sind?"

"Ich denke auch an die Menhire in der Bretagne, ich denke an Indianerstämme, die längst ausgerottet sind, ohne uns etwas hinterlassen zu haben, was wir versuchen könnten zu verstehen."

Martin spürte, Trauer und Unzufriedenheit, was nicht nur daran lag, dass er morgen früh abreisen würde. Er hatte einen Auftrag erfolgreich ausgeführt, einen Freund gewonnen, einen Einblick erhalten in tiefere Schichten seines Ichs, die er sonst vielleicht nicht kennengelernt hätte. Er hätte eigentlich zufrieden sein können. Aber er war es nicht. Irgendwie blieb ihm der Eindruck, dass er nicht etwas abgeschlossen, sondern etwas begonnen hatte, und er war ratlos, da er nicht wusste, was. Rodriguez schien seine Stimmung zu spüren und versuchte, ihn abzulenken.

"Wann willst du morgen früh fahren?"

"So um neun oder zehn."

Er hatte durch seinen Postnachsendeauftrag einen Brief erhalten. Einen Brief mit verworrenem Inhalt, von einem früheren Studienkollegen, der ihn um Hilfe bat. Der ihn bat, sofern es möglich wäre, ihn in der Bretagne zu besuchen, wo er seinen Sommerurlaub verbrachte.
"Warst du schon einmal in der Bretagne?"
Rodriguez schüttelte verneinend den Kopf und spuckte den Grashalm aus.
"Das Ende der Welt."
Rodriguez schaute ihn verständnislos an.
"Finis Terrae, das Ende der Welt. So heißt ein Bezirk in der Bretagne. Was ist, hast du Lust, mitzufahren? Jetzt, wo das Institut geschlossen ist, kannst du dir doch einen Urlaub leisten."
Eigentlich ein verrückter Gedanke, dass jemand, der das ganze Jahr über Sonne, Wind und Meer zur Verfügung hatte, Urlaub benötigen könnte. Der Gedanke, im offenen Cabrio durch die sonnendurchflutete Landschaft zu fahren, immer an der Küste des Atlantiks entlang, begann sie jedoch beide zugleich zu begeistern. Ebenso der Gedanke, die lange Reihe der Menhire in Carnac entlang schreiten zu können.
So spontan, wie sie den Entschluss fassten, zusammen zu reisen, so spontan brachen sie auf und verließen das Gelände, das mehr als nur ein paar römische und griechische Geschichten gesehen hatte.

Auch das Ende der Geschichte von zwei Wissenschaftlern, die mehr hatten verstehen wollen, als sie wissen konnten.

Als sie gegen Mittag die Grenzstation vor sich liegen sahen und auf dem Hügel den schwarzen Stier, der gelassen auf den Autostrom hinabblickte, drehte sich Martin zu Rodriguez um: "Was hat dein Onkel dazu gesagt, dass du mit mir nach Frankreich fährst? War er verärgert?"

Rodriguez grinste, unter seiner dunklen, kaum durchsichtigen Sonnenbrille lugten Fältchen hervor. "Hast du Bedenken, er könnte dir übel nehmen, dass du mich entführst?"

Martin sah wieder auf die Fahrbahn, deren Markierungen nun in neue Spuren einmündeten, um die lange Reihe der Autos vor den flachen Zollgebäuden zu verteilen. Aus den geschlossenen Wagen wurden ihnen sehnsüchtige Blicke zugeworfen. Sie saßen unter freiem Himmel und genossen Sonne und Wind, die anderen versuchten, sich mit Handtüchern und Decken vor den Fensterscheiben gegen die Sonnenstrahlen zu schützen.

Während der Zollbeamte ihre Papiere kontrollierte, dachte Martin daran, dass er nicht wusste, was er von den Fähigkeiten des Onkels halten sollte. Dass ebenso gut die Vermutungen von Tom stimmen konnten. Es konnte auch sein, dass alles so geschehen war, wie es geschehen war, und dass sie eine Menge anderer Gründe gar nicht gefunden und berücksichtigt hatten, die dafür gesorgt hatten, dass alles so geschehen war und nicht anders.

Wie hatte Rodriguez so treffend bemerkt: Es kommt nicht immer darauf an, wie und warum etwas geschieht, viel wichtiger ist oft, dass wir etwas unternehmen, damit etwas geschieht.

Martin nickte dem Zöllner freundlich zu, der ihm die Papiere mit einem Lächeln zurückreichte. Vielleicht dachte auch der daran, wie schön es jetzt sein würde, in dem Cabrio durch die Landschaft zu fahren. Martin Silber, nimm es, wie es kommt.

Rodriguez neben ihm faltete die Karte auseinander, um festzustellen, wie sie fahren mussten, um Finistère, das Ende der Welt, zu erreichen.

Weitere Texte des Autors

Veröffentlichungen in Anthologien:

Matthias Schneider, Gesegelt werden in: Anders reisen grenzenlos: Seewärts. Geschichten von Wind, Sand und Meer. Hrsg. Niko Hansen, Rowohlt 1983

Matthias Houben, Häringsblut und Gottesurteil in: aufgebockt und abgemurkst Hrsg. Regine Kölpin KBV 2012 ISBN: 978-3-942446-42-6

Matthias Houben, Der Prerow Effekt in: Muscheln, Möwen, Morde Hrsg. Regine Kölpin KBV 2012 ISBN: 978-3-942446-62-4

Matthias Houben, the same procedure in: chillen, killen, campen Hrsg: Regine Kölpin
KBV 2015 ISBN 978-3-95441-224-2

Romane und Erzählungen:

Matthias Schneider, Unterwegs, Stories und Geschichten ISBN 978-3842349650 / als eBook EAN: 9783844874877

Matthias Houben, Experten, Ein Kurzroman als eBook (bis August 2014 EAN:9783845010687) ab Oktober 2014 Verlag 110th
Epub ISBN 978-3-95865-153-1 / Mobi ISBN 978-3-95865-154-8

Matthias Houben, Begegnungen, Drei Kurzgeschichten von merkwürdigen Begegnungen als eBook ASIN B008XYKFKU

Matthias Houben, Brain Cloud, ein futuresker Kurzroman als eBook neobooks selfpublishing ISBN 978-3-8476-8973-7

Matthias Houben, Kurioversum Stories, Kurzgeschichen von Erinnerungen und Einbildungen
eBook ISBN 978-3-7368-4405-6
Print ISBN 978-3-7347-4735-9

Weitere Informationen über den Autor Matthias Houben auf seiner Webseite:
http://www.litbit.de